CONTENTS

And you thought
there is Never
a girl online?

DESIGNED BY AFTERGLOW

온라인게임의 신부는 여자아이가 아닐라고 생각한 거야?

키네코 시바이 지음

Hisasi 일러스트

이경인 옮김

Lv.21

프롤로그

"완전히 까먹고 있었다!"

And you thought there is Never a girl online?

지금도 계속 서비스 중인 온라인 게임보다, 이미 서비스 종료한 게임이 훨씬 많다.

온라인 게임의 세계가 계속 발전하는 이상, 그건 당연한 일이라고 생각한다.

하지만 레전더리 에이지도 『서비스를 종료한 게임』의 틀에 들어가는 날이 오리라는 건, 솔직히 말해서 진지하게 생각해 본 적이 없었다.

눈을 돌리고 있었다. 그렇게 말해도 좋을지도 모른다.

그야 그렇잖아?

다음 달에 서비스 종료할지도 모른다. 다음 주 종료할지도 모른다. 내일일지도 모른다.

그러니까 매일 로그인해서 후회 없이 즐기자— 그런 생각을 하다가는 게임이 재미가 없어지잖아.

끝은 언젠가 확실히 온다. 그건 알고 있었다.

하지만 신경 쓸 필요 없을 만큼 먼 미래의 일이라고, 그렇게 생각했었다.

분명 지금까지 서비스 종료된 게임의 플레이어들도 마찬가지였겠지. 그렇기에 이렇게 쇼크를 받았을 거다.

다들 어떻게 이 충격을 넘어선 걸까.

나는 어떻게 이 마음을 정리해야 하는 걸까.

그리고, 어차피 서비스 종료라면 이런 건 해도 되지 않을까 싶은 엉뚱한 놀이는 어떤 게 있을까.

그런 이야기를 꼭 듣고 싶었다.

―그런고로.

◆루시안 : 실제로 서비스 종료될 때까지 게임을 해본 적, 있어?

회의라는 이름의 잡담 도중에, 잘 알 것 같은 멤버에게 물어봤다.

그런 나에게 돌아온 말은…….

◆바츠 : 없는데.

◆†클라우드† : 서비스 종료하는 날에 오랜만에 로그인한 적은 있지.

◆유윤 : 맞아맞아. 옛날에 했었으니까 마지막 날 정도는 들어가 볼까 해서 다시 인스톨했다가, 클라이언트가 너무 무거워서 포기했지.

◆†검은 마술사† : 그건 로그인한 게 아니지 않을까?

정말이지 참고가 안 되는 대답이었다.

솔직히, 조금 의외다.

온라인 게이머가 몇 명씩 모여있으니까 한 명 정도는 경험자가 있지 않을까 했는데.

특히 지금은, 이야기하는 멤버가 전부 골수 온라인 게이머들뿐이니까.

◆루시안 : 흐음. 현역으로 하는 게임이 서비스 종료한 경험, 아무도 없구나?

◆†검은 마술사† : 어라, 전원이 첫 체험인가.

◆바츠 : 플레이어가 줄어들었으니까 종료하는 거잖아. 없는 게 당연하다고.

◆루시안 : 그건 맞는 말이네.

확실히, 플레이어가 줄어들어서 게임이 끝나는 거니까 마지막까지 남은 플레이어는 비교적 소수파이기는 하겠지.

◆루시안 : 그래도 플레이어가 많이 남은 채 종료하는 게임도 있었잖아?

◆†클라우드† : 없지는 않지. 그보다 LA가 그런가.

◆유윤 : 그러게. 인구 은근히 있었으니까. 드문 사례지.

그러다가 대화의 흐름이 레전더리 에이지로 옮겨가기 시작했다.

실제로 LA는 중견 MMORPG를 자칭할 정도의 인구를 유지하고 있다.

LA가 종료한다면, 그 게임도 끝나지 않을까? 이 게임은 어떻지? 그런 화제가 나오는 정도로는 견실하게 운영되고 있었다.

◆†검은 마술사† : 그렇지. 플레이어가 그렇게 적지도 않고, 규모만 보면 커다란 적자가 난 것도 아닌 모양이던데.

◆바츠 : 과금러가 줄어든 거 아냐? 이 게임, 수요가 늘어난 것치고는 상위층이 과금할 데가 없다고.

◆유윤 : 아～. 원래부터 외모를 꾸미는 아바타로 과금을 유도하려는 건지, 뽑기로 과금을 유도하려는 건지, 패키지를 팔아서 유도하려는 건지 애매한 구석이 있기는 했죠.

◆†클라우드† : 제네제로로 끌어들이고 싶은 거겠지. 기합을 넣어서 3D로 만들었는데, 전혀 성장하지 못하고 있잖아.

◆바츠 : 뭐, 현실적으로 생각한다면 그렇겠지만. 인구가 많은 게임을 종료시키고 적은 게임으로 이동하게 만드는 거, 무리가 있지 않나?

◆유윤 : 무리라고 해도 밀어붙이는 건, 회사원에게는 종종 있는 일이에요.

◆†검은 마술사† : 먹고 살기 힘드네.

새로운 요소와 과금 요소의 방향이 어긋났다. 애초에 개발 단계에서 어떻게 과금을 유도해야 하는지 계획을 세우지 못했다. 그래서 새로운 게임으로 플레이어를 유도하고 싶은 거다.

그렇게 분석하는 모두의 이야기를 듣다가 어쩐지 떠올랐다.

◆루시안 : ……다들 냉정하네.

서비스 종료에 관한 분석은 좀 더 절망감으로 가득한 대화가 될 줄 알았는데…… 은근히 남 일 같다고 해야 하나, 마음 편한 분위기다.

전부터 생각하고 있었다는 분위기가 감돈다.

◆유윤 : 뭐~, 애초에 친한 사람들끼리는 디코로 연결되어 있으니까.

◆†클라우드† : 친위대는 이미 그룹화가 되었다!

◆바츠 : 이후에는 그냥 SNS로 말 걸면 되잖아.

◆†검은 마술사† : 최근에는 숙제하듯 해온 구석도 있으니 말이지.

◆루시안 : 그런 건가~.

사랑이 없네~, 라고 말하는 건 간단하다.

하지만, 실제로는 그렇지 않다.

다들 이렇게 말하면서도 로그인하는 시점에서, 이 게임을 많이 사랑하고 있다는 걸 알 수 있다.

왜냐하면, 일부 유저는 서비스 종료가 발표되자마자 바로 접었으니까.

끝나는 게임을 해봤자 시간 낭비다. 그런 슬픈 의견도 종종 봤다.

아니, 이해는 가지만! 나도 내가 하는 게임이 아니었다면 그렇게 말할지도 모르지만! LA라면 이야기가 다르잖아!

◆루시안 : 나는 마지막까지 이 게임에 매달리겠어……!

◆유윤 : 그건 그것대로 무섭다고.

◆바츠 : 그보다, 루시안이 그렇게 신경 쓸 줄은 몰랐는데.

아니, 어째서?

나, 그런 이미지였나?

◆루시안 : 나는 LA로 온라인 게임 데뷔했다고. 당연히 쇼크를 받았지.

상심기일 때 드문드문 다른 게임을 해봤지만, 기본적으로는 이거 하나만 해왔다.

서비스 종료 공지에는 대단히 쇼크를 받았습니다.

◆바츠 : 그야 너네 길드, 소규모에 엄청 친하잖아.

◆†검은 마술사† : 그렇지. 그렇게 간단히 해산할 것 같지 않은 분위기가 있어.

◆루시안 : 아～, 그런 말이었나.

길드에 대해서 말한다면야, 그렇지. 걱정하지는 않는다.

◆루시안 : 그렇지. 길원하고는 LA가 없어지더라도 끊어질 관계는 아니야.

같은 학교고. 그보다 그런 전제가 없더라도 우리는 여전히 동료다.

이대로 평생 이어질 관계로 만들 예정입니다.

◆클라우드 : 단호하게 말하는걸.

◆유윤 : 루시안치고는 드문 일이네. 평소에는 아마도라든가, 생각한다든가, 그렇게 자신 없이 말할 텐데.

◆루시안 : 이건 절대적이니까 괜찮아.

나만의 마음이 아니라, 다들 그렇게 생각하니까.

그럼 절대적이다. 의심할 여지는 전혀 없다.

◆바츠 : 아아, 맞다. 루시안도 계정만이라도 가르쳐줘. 다른 게임 시작할 때 말 걸 테니까.

◆유윤 : 뭣하면 우리 서버 올래? 처음에는 듣기만 해도 되거든?

◆†클라우드† : 처음에는, 이라고 말하는 시점에서 이미 VC^{보이스 챗}로 끌어들일 생각이군.

◆유윤 : 오히려 VR에 끌어들이고 싶어! 우리는 지금 전에 없던 VR챗 붐이니까!

◆루시안 : 무리무리. 내 컴퓨터엔 VR 안 돌아가니까.

◆유윤 : 시끄러워. 너도 여자아이가 되는 거야!

◆루시안 : 미소녀가 되는 게 전제?!

미소녀는 근처에서 넘쳐나고 있으니까, 내가 되고 싶다고는 생각하지 않습니다!

그렇게 적으면 진짜로 폭발할 테니까 안 적겠지만!

◆바츠 : 오히려 이 멤버로 방 하나 파자고. 길마방 말이야.

◆†검은 마술사† : 과연. 다음에는 내통하면서도, 표면상으로는 항쟁하는 건가. 재미있네.

◆유윤 : 길마가 아닌 나도 있는데.

◆루시안 : 나도 아니잖아!

이런 대화를 나누면서 안심하는 내가 있었다.

그렇지. 게임이 끝나더라도 여기서 쌓아 올린 인간관계가 없어지는 건 아니다.

단지, 그건 불행 중 다행일 뿐이고 구원이 되는 건 아니지만!

◆바츠 : 그나저나 너희, 계속 채팅만 치지 말고 움직여.

◆†검은 마술사† : 할 일은 얼마든지 있지만, 말이지.

◆유윤 : 렙업도 엄청 느슨해졌으니까, 그쪽을 해도 되지만 말이죠~.

◆루시안 : 마지막까지 새 이벤트는 없으니까…….

슬프지만, 이제 곧 끝날 게임이다.

여러모로 제한이 느슨해지고, 게임 안에서 할 수 있는 것이 단숨에 늘어났다.

그러나 새로운 이벤트는 이달 후반까지 없단 말이지. 예산, 없을 테니까.

◆유윤 : 3월의 이벤트는 완전 무시하는 건가요~.

◆바츠 : 이벤트는 2월에 마음껏 했잖아ㅋ

……어라?

채팅을 보다가 뭔가 잊어버린 듯한, 매우 불길한 예감이 들었다.

그리고 그건 작년에도 생각했던 것 같은, 그런 기분이.

◆루시안 : 3월에 뭔가 이벤트, 있었던가?

◆†검은 마술사† : 작년에 했던 이벤트라면, 일단 화이트

데이인가.

◆루시안 : 아, 맞아맞아. 그거다.

그렇다. 화이트데이다. 화이트데이를 잊고 있었다.

—잊고 있었다? 화이트데이를?

"아앗!"

무심코 입 밖으로 내고 말았다.

그랬다! 화이트데이가 있었잖아!

완전히 까먹고 있었다! 큰일이다!

나는 일어나서 거실을 향해 외쳤다.

"저질렀어! 밸런타인데이 때 초콜릿 받았던 거, 까먹고 있었다고!"

"……응?"

허둥대던 나에게 돌아온 건, 어리둥절한 목소리.

"밸런타인 때 초콜릿을 받았으니까, 화이트데이에 답례해야 하는데 완전히 까먹고 있었어! 밸런타인데이 같은 건 작년까지 전혀 인연이 없었으니까!"

나는 그런 한심한 설명을 하면서 작년 이맘때를 떠올렸다.

한심한 이야기지만, 확실히 작년에도 완전히 똑같은 실수를 저질렀었으니까—.

1년 전

And you thought there is Never a girl online?

화이트데이 대 연속 퀘스트 Lv. 1

"글러먹은 인간이야, 이 오빠는!"

밸런타인데이라는 걸 알고 있는가?

발렌티누스 님이 처형당한 날이라든가 그렇지 않다든가 이런저런 말이 있지만, 일본에서는 여성이 남성에게 초콜릿을 선물하는 날이라고 정해져 있다.

그러나 사람에 따라서는 애초에 여성과 인연이 없기도 해서.

게임에서 드롭되는 초콜릿을 수집하는 날이거나, 기간 한정 특별 보스를 토벌하는 날이기도 하다.

물론 나— 니시무라 히데키에게도 밸런타인데이는 대단한 의미가 없는, 온라인 게임에서 이벤트가 있을 뿐인 행사였다.

그렇다. 작년까지는 말이다.

올해의 나는, 놀랍게도 초콜릿을 받았다.

그것도 네 개씩이나!

게다가 하나는, 신부에게 받은 진심 초콜릿이다. 굉장하지!

—나, 결혼 같은 건 하지 않았지만. 아직 16세지만.

왜 신부에게 초콜릿을 받은 걸까. 이상하지 않아?

◆루시안 : 이상하단 말이지…….

◆아코 : 뭐가 이상한가요?

그건 말이죠, 아코 씨.

온라인 게임의 신부인 당신이, 현실에서도 신부라고 주장한다는 점이야.

◆슈바인 : 쓸데없는 소리나 하지 말고, 어서 싸우라고!

◆루시안 : 그런 소리를 해도, 이 녀석 물리 공격 안 통하잖아.

나의 캐릭터, 루시안을 조작해서 고스트족 몬스터의 공격을 깡깡 받아내다 가끔 샤우트를 넣으며 어그로를 유지했다.

이 던전에는 무속성 무효를 넘어서서 물리 공격 그 자체를 무효화하는 적이 나온다. 속성 무기를 들더라도 때려서 공격하는 시점에서 노 대미지다.

탱커인 나에게는 힘든 동시에, 조금 한가하기도 하다.

◆아코 : 루시안이 함께 채팅을 쳐주면 던전 안이라도 즐겁네요.

◆세테 : 아코는 한가하지 않거든?! 회복은?!

세테 씨가 무땅에게 마법 대미지 스킬을 쏘게 하면서 땀을 흘리는 감정표현을 꺼냈다.

◆아코 : 그건 어떻게든 하고 있어요.

◆세테 : 힐러는 콤보라든가 그런 거 있지 않았어?! 밸런타인 던전에서 익혔잖아?!

싫다, 세테 씨. 이제 와서 그런 소리를 하다니.

◆루시안 : 아코가 한 달이나 플레이어 스킬을 유지할 리가 없잖아요.

◆아코 : 그렇죠, 루시안?

◆세테 : 웃으면서 할 말이 아니야! 루시안도 포기하면 안 돼!

자자, 필요가 없으니까 콤보를 넣지 않을 뿐. 분명 기억하고는 있을 거거든?

이야기하는 사이, 버티는 시간이 끝났다.

발밑에 있던 커다란 마법진이 눈부신 빛을 발했다.

◆애플리코트 : 기다리게 했구나! 이것이 나의, 퍼펙트 블리자드다!

마스터의 채팅과 동시에, 약간 지나칠 정도의 눈보라가 몰아쳤다.

나를 때리던 고스트들은 순식간에 소멸했다.

◆애플리코트 : 흠. 딜은 충분한가.

◆슈바인 : 마법 대미지 스킬은 근접 캐릭터에는 별로 없으니까. 우리는 지루하지만.

◆루시안 : 그 덕분에 섀도만이라도 타깃을 유지할 수 있는 건데 말이지.

딜 특화 캐릭터인 슈바인까지 퍽퍽 두들기다가는 바로 어그로를 빼앗기고 만다.

◆슈바인 : 이 몸은 더 격렬한 곳에 가고 싶다고.

◆슈바인 : 밸런타인 때 사재기한 초코가 아직 남아있단 말이다.

◆애플리코트 : 다음 전직에 대해선 아직 자세한 걸 모른다. 아이템은 온존해둬야 해.

◆슈바인 : 오히려 안 쓰면 창고가 압박된다니까ㅋ

밸런타인 초콜릿은 회복 효과가 좋은, 밸런타인 기간 한정으로 살 수 있는 아이템이다.

편리하지만, 너무 많이 사면 그건 그것대로 창고가 초코로 가득 메워진단 말이지.

◆세테 : 저기저기~. 밸런타인은 이벤트 있었는데, 화이트데이에는 아무것도 없어?

서머너의 고유 감정표현으로 무땅을 쓰다듬던 세테 씨가 말했다.

◆루시안 : 아~. 화이트데이에는 딱히 안 하려나.

◆아코 : 밸런타인 같은 커다란 이벤트는 없죠.

◆슈바인 : 온라인 게임 인구는 남자가 많아서 그런 거 아냐? 잘 모르지만.

◆애플리코트 : 두 달 연속으로 비슷한 이벤트를 하는 것도 지루하겠지.

그렇긴 하지. 밸런타인데이의 바로 다음 달에 화이트데이다. 이벤트 간격으로도 짧고, 똑같은 걸 또 해봤자 별수 없지.

─그렇게 생각하던 나는 문득 깨달았다.

화이트데이……?

화이트데이라고?! 그래. 화이트데이잖아!

◆애플리코트 : 자, 그럼 계속 가보자. 아무튼 영험의 미궁 맵을 전부 메울 때까지는 고스트 퇴치다.

◆슈바인 : 예이예이.

◆루시안 : 아……. 미안. 나 오늘은 이만 끌게.

채팅을 치고 바로 파티에서 탈퇴했다.

큰일이다. 이건 정말로 위험해!

◆아코 : 어, 벌써 말인가요?

◆루시안 : 그래. 잠시 용건이 있어서. 내일 보자!

◆세테 : 수고했어~.

모두에게 손을 흔들며 마을로 돌아와 바로 로그아웃.

어어어, 지금 시간은……. 밤 여덟 시.

분명 거실에 있을 거다!

나는 방에서 뛰쳐나와 계단을 내려가서 거실 문을 열며
외쳤다.

"미즈키! 나, 밸런타인 때 초코 받았었어!"

"……엥? 왜 그래, 오빠?"

소파에 기대서 TV를 보던 여동생이 깜짝 놀랐다.

††† ††† †††

"왜 이제 와서 그런 말을? 밸런타인데이는 저번 달이었잖아?"

"바로 그거야!"

미즈키의 말대로, 밸런타인은 저번 달의 이야기다.

아무리 기쁘다고 해도 초콜릿으로 기뻐할 타이밍은 아니다.

그런데 어째서 이런 이야기를 했느냐면.

"무엇을 숨기랴. 오빠는 초콜릿을 받은 게 올해가 처음이었어."

"어, 내가 매년 줬잖아?"

"가족은 다른 판정이잖아!"

"호감도 계산식은 똑같은걸!"

"아니거든. 미즈키한테 받은 초코는 숫자로 안 넣는다고. 노 카운트, 노 카운트."

"노 카운트 아니야!"

아니아니, 엄마한테 받는 초코라든가 여동생한테 받는 초코가 첫 초코가 될 수는 없잖아.

뭐, 이런 말도 제대로 받았으니까 할 수 있는 거지만.

"오빠. 작년까지는 여동생한테 받았으니까 괜찮아~, 라고 말했으면서. 아코 언니한테 차이면 나밖에 안 남거든?"

"무서운 말을 하지 말아 주세요."

그건 넘어가고.

"아무튼, 나는 밸런타인데이에 초콜릿을 받은 게 처음이었던 거야."

"응."

"그러니까, 완전히 까먹고 있었어. 그…… 화이트데이라는 이벤트가 있다는 것을."

내가 말하는 것도 부끄럽지만, 완전히 의식하지 못 했다.

밸런타인데이와 대극이 되는, 화이트데이라는 이벤트를.

"뭐…… 뭐어?!"

미즈키는 잠시 굳은 뒤에 휴대폰을 꺼냈다.

"벌써 3월 9일인데?! 일주일밖에 없어!"

"그렇지."

화이트데이는 다음 주인데, 아무런 준비도 하지 않았다.

"후우~, 눈치챈 순간에는 식겁했다고."

"밸런타인부터 오늘까지 뭘 했는데……?"

"렙업."

"글러먹은 인간이야, 이 오빠는!"

"반박할 말이 없습니다."

기꺼이 글러먹은 오빠를 자칭하고 싶다.

받은 적이 없으면 답례 선물을 줘야 한다는 발상조차 들지 않는구나.

다들 밸런타인데이에 초코를 받으면 조심하라고. 우리 같은 녀석은 태연하게 화이트데이의 존재를 잊어버리니까.

"그래도 오빠, 나한테는 매년 답례 선물 주지 않았어? 그런데 왜 기억 못하는 거야?"

"아, 미즈키한테 답례 선물 준비해야겠네. 그걸 떠올리는 게 지금 시기야."

화이트데이 일주일 전이 되어서야 게임 이벤트가 시작되거나, TV에서 특집을 시작해서 겨우 존재를 떠올리는 거다.

올해는 답례 선물도 많지 않나? —그걸 깨달은 것이 바로 지금, 화이트데이라는 단어를 모두의 채팅에서 봤을 때였다.

받았다! 아싸! 그렇게 기뻐하기만 해서 이걸 전혀 생각하지 못했다.

"많이 받으면 답례 선물도 많아야 하는구나……. 나하고는 인연이 없다고 생각했었어……."

"그렇구나……. 큰일이겠네, 오빠. 힘내."

미즈키는 난 모른다는 표정으로 소파를 뒹굴었다.

아니아니아니아니!

"잠깐잠깐잠깐잠깐! 이야기는 지금부터야!"

"그렇지만, 나하고는 상관없는걸!"

"그렇게 말하지 말고 힘을 빌려주세요."

얼굴 쪽으로 가서 손을 맞대며 여동생에게 말했다.

"나는 여자아이가 뭘 선물해야 기뻐하는지 모른다고. 가르쳐줘!"

"에엑~."

"그렇게 싫은 듯이 말하지 않아도 되잖아."

"오빠가 다른 여자아이의 호감도 올리는 걸 도와주는 건, 별로 하고 싶지 않은걸."

"너무한 말씀을 하시는군요."

남매라면 그 정도는 도와줘도 되지 않을까.

"하지만 오빠, 내가 남자한테 선물 준다고 말하면?"

"우선은 나라는 벽을 넘어서 주실까."

"이거 봐! 불공평하잖아!"

"으윽—."

확실히 나도 미즈키가 남자의 호감도를 올리는 도움은 주고 싶지 않을지도.

"하지만 아코는 미즈키라는 벽에 부딪혔던 것 같은데."

"넘어서지는 않았잖아."

"뭐, 옆으로 빠져나간 느낌이지."

우리 아코, 벽 같은 게 가로막으면 제대로 넘어설 타입이 아니라서.

"뭐, 뭔가 기분 나쁘다는 건 이해해. 하지만 말이지. 미즈키에게도 답례는 할 거니까, 어드바이스를 준다면 평소보다 센스 있는 초이스가 가능하다고!"

"작년의 오븐 장갑은 은근히 괜찮았는데?"

"그런 일용품으로 기뻐하지 마!"

언제나 써 주고 있지만!

내 여동생이지만 참 간단하단 말이야!

"이번에는 첫 초코니까, 조금 더 기합을 넣고 싶어. 부탁해!"

"으~음. 어쩔 수 없네에."

한숨을 내쉰 미즈키가 내 얼굴을 바라봤다.

"조금은 어드바이스 줄게."

"감사함다! 고마워!"

역시 믿어야 할 건 가족이야!

내가 그렇게 안심하고 있자니…….

"그도 그럴게, 이대로 가면 돌이킬 수 없는 실패를 저지를 것 같은걸."

"진짜로?!"

††† ††† †††

"우선, 오빠한테 초코를 준 사람은 누구?"

소파에 다시 앉은 미즈키가 물었다.

으으음. 나한테 준 건 네 명.

"아코, 세가와, 마스터, 그리고 아키야마."

마지막은 오해기였지만.

"흠흠흠?"

미즈키가 손가락을 휙휙 흔들면서 고민했다.

"예산은 얼마나 필요한 것 같아?"

"으으음……. 화이트데이, 답례라고 검색하니까 두 배로 답례, 세 배로 답례, 100배로 답례라고 적혀있었는데……."

그렇지만, 아무리 그래도 100배는 힘드니까.

"세 배 정도인가?"

뭐, 이 정도는 타당하다고 생각했는데.

"네. 너무 많아!"

"어째서?!"

그렇지만 금액은 비싼 게 나은 거 아냐?!

"있잖아. 돈을 많이 들이면 기뻐한다는 건 초보자의 발상이야."

"윽."

초보자인 나는 그렇게 말하면 찍소리도 나오지 않는다.

"애초에 손수 만든 사람한테는 어떻게 세 배로 갚을 건데?"

"……맛과 양이 세 배, 라든가?"

"세가와…… 선배는, 초콜릿 만들러 왔던 사람이지?"

"맞아맞아."

그 녀석은 초코 만들 때 우리 집에 와서 연습했었다.

그때는 어레인지 기질을 발휘해서 아코가 곤란해했었지.

"터무니없는 초코를 만들려고 했던 게 지금도 떠올라……."

"……그 초코보다 세 배 맛없고 세 배 많은 양이라니, 그런 건 고문이잖아?"

"내가 받은 초코는 멀쩡했었다고!"

본인의 말로는 대실패였던 카레맛도 만들었다지만!

"그럼 재료비가 세 배라든가?"

"그러면 굉장히 비싼 과자가 되어버리는데? 그 사람들, 돈을 잔뜩 들인 답례 선물을 기뻐해?"

"……아니."

생각해보면, 다들 지나치게 비싼 답례는 원하지 않을 것 같다.

왜냐하면 마스터의 과금에 초조해하는 멤버니까. 내가 비싼 답례 선물 같은 걸 줬다가는…….

"오히려 화낼 것 같네."

"맞아! 친한 사람에게 받은 초코는, 반대로 그에 맞는 답례 선물이 아니면 무거운 거야!"

"무거운, 건가……. 과연……."

그런 발상은 없었다.

자주 나오는 말이다. 조심하지 않으면, 오타쿠 남자는 배려가 무겁다고 한단 말이지.

내가 납득하자, 미즈키는 살짝 부엌 쪽을 가리켰다.

"애초에 오빠. 요리를 못하는 것도 아니니까, 전날에 쿠키 같은 걸 잔뜩 구워서 거기에 작은 선물을 곁들이는 정도면 충분해."

"과연, 공부가 되네."

쿠키를 굽는 건 좀 힘들 것 같지만.

실패하면 어쩌지?

"그 쿠키 굽는 거, 도와줄래?"

"알았어~. 나한테 주는 답례 선물도 그거면 되니까."

"같이 만든 쿠키를 답례 선물로 할 수는 없지. 뭔가 생각해볼게."

"괜찮아. 요즘 오빠랑 놀 시간도 없었으니까, 같이 과자 만들고 싶었을 뿐인걸."

"너, 너무 귀엽잖아."

그거 아버지한테 말하면 너무 기뻐서 기절할 거야.

"나머지는 작은 것……. 소정의 선물, 이라……."

"그건 스스로 생각해봐. 정말로 간단한 거면 되니까."

"알았어. 그렇게 할게."

거기까지 남에게 의존하는 건 실례겠지.

특히 아코는 내가 뭘 선물해도 기뻐하겠지만, 미즈키가 골랐다고 말한 순간 울상을 지을 테니까.

"좋아. 그렇게 목표가 세워졌다면, 이제는 준비를 해서—"

"아, 잠깐잠깐."

스톱스톱, 하고 네 옷자락을 잡은 미즈키가 말했다.

"이야기는 아직 안 끝났어."

"어라. 또 뭔가 있었어?"

"오히려 제일 중요한 게 있습니다!"

"진짜로?! 지금부터?!"

무심코 자세를 다잡고 미즈키를 바라봤다.

"그럼, 중요한 게 뭔데……?"

"그건 말이지……."

미즈키는 잠시 뜸을 들인 뒤에, 나를 척 가리키더니.

"한 명 한 명, 개별적으로 답례할 것!"

강하게, 그렇게 단언했다.

"개별적으로……?"

"그래! 이거 중요해!"

미즈키는 「중요해 중요해」라며 반복했다.

"다들 오빠의 부 활동 친구잖아? 오빠라면 아마 부실에서 한꺼번에 주면 된다고 생각하겠지만, 그런 건 안 돼!"

"안 되나."

"안 된다고요."

안 되나 보다.

하지만 어째서지? 한 명 한 명 불러내는 게 오히려 무겁지 않나?

"어째서 개별이 좋은 거야?"

"그야 생각해봐. 오빠한테 초코를 준 여자는, 누군가에게 주는 덤이라고 말하며 대충 줬어?"

"……아니."

남자 전원에게 한꺼번에 준다든가, 부원 모두에게 똑같은 걸 준다든가, 그렇지는 않았다.

다들 나를 위해 준비해서, 나한테만 건네줬다.

그렇기에 초콜릿을 받았다는 걸 확실하게 느낄 수 있었고, 굉장히 기뻤다.

"……그런데 오빠는 모두한테 대충 한꺼번에 줄 거야?"

"헉……. 그렇구나. 과연……!"

미즈키의 말이 옳다.

모두에게 한꺼번에, 똑같이 겸사겸사 주는 게 아니라 제대로 그 사람을 향한 감사의 마음을 전해줘야 한다.

"위험할 뻔했어⋯⋯. 고마워, 미즈키."

"3월 14일. 어차피 봄방학이니까. 직접 주러 가지 그래?"

"그래. 그렇게 할게."

한 명 한 명에게 확실히 감사를 전하자. 그게 예의겠지.

하지만, 그러면 한 가지 문제가.

"화이트데이 하루 안에 전원에게 줄 수 있나⋯⋯?"

"그건 노력하는 거야!"

미즈키는 장난스레 웃었다.

"한 명한테만 당일에 주지 못했습니다. 그런 일이 벌어지면 슬퍼할걸?"

"어떻게든 하루 안에 다 건네줘야⋯⋯!"

"열심히 해~."

나에게 처음으로 찾아온 의미 있는 화이트데이.

이날은 실패가 허락되지 않는, 4연속 심부름 퀘스트 날이 되었다.

†††   †††   †††

3월 14일, 화이트데이 아침.

"좋아. 연다⋯⋯."

"어때어때? 괜찮아 보여?"

조심조심 오븐을 열었다.

그 안에는 깔끔하게 구워진 쿠키가 질서정연하게 놓여있었다.

다, 다행이다……. 마침내, 마침내 성공했어……!

"긴 싸움이었어……."

"겉보기는 괜찮지만, 맛은 모르거든?"

고생한 끝에, 마침내 멀쩡하게 구워진 쿠키.

그중 하나를 든 미즈키가 입에 쏙 넣었다.

"응. 합격이야."

"좋았어!"

여동생의 합격점도 받았다.

이거라면 답례 선물에 쓰더라도 문제없을 거다.

"꽤 시간이 걸렸지만, 어떻게든 화이트데이에는 늦지 않았네."

"아슬아슬할 때까지 성공하지 못할 줄은 몰랐어."

"당일 아침까지 걸렸으니까……."

정말이지. 과자 만드는 거 너무 어려워.

설마 실패하면 진짜로 먹기 힘든 물체가 만들어질 줄이야.

"평소에 요리하는 감각으로 대충 만들려고 했던 게 실수였어……."

"응. 확실히 세세하게 양을 재서, 레시피대로 만들지 않으면 안 돼."

과자와 요리는 다르다고 하니까.

세상의 과자 잘 만드는 사람들은 매번 이런 고생을 하는 구나. 감사해야겠어.

아무튼, 이걸로 준비는 오케이다.

"좋았어. 이후에는 봉지에 넣고……."

"오늘 안에 줘야 하니까. 힘내!"

미즈키는 후아암~ 하고 하품하면서 느긋하게 말했다.

나는 이대로 부엌을 나가려는 여동생을 불러 세웠다.

"워워, 기다리게나."

"응?"

지금 막 포장한, 쿠키가 들어간 봉지 하나를 들고 어리둥 절한 여동생에게 내밀었다.

먼저 감사를 전해야 할 건 미즈키니까.

"자, 미즈키. 저번에 준 초콜릿 고마워."

"어……. 고, 고마워?"

미즈키는 저도 모르게, 라는 느낌으로 받고는 나와 쿠키 를 두 번 바라봤다.

"근데 오빠. 이거 나도 도와준 건데?"

"그건 말하지 않는 게 약속이야."

메인으로 노력한 건 나니까 봐줘.

"게다가, 처음에 건네준 게 미즈키니까, 누구보다 우선한 거야! 어때!"

"……으으~음."

미즈키는 조리도구와 재료가 흩어진, 고생한 흔적이 보이는 부엌을 돌아봤다.

그리고 후우, 하고 한숨을 내쉬었다.

"어쩔 수 없으니까, 아슬아슬하게 속아 넘어가 줄게."

"역시 나의 여동생."

말이 통하는 여동생이라 다행이다. 아, 정리는 내가 확실히 해둘 테니까.

―아차. 이것만이 아니었지.

"이것만이 아니라, 또 있다고."

사전에 준비한 선물용으로 포장한 답례 선물을 꺼냈다.

"쿠키를 만드는 걸 도와준 감사도 들어있지만, 화이트데이의 답례야."

"받아도 돼?"

"그럼."

대단한 건 아니라서 미안하지만.

"열게? 으음……."

천천히 포장을 푼 미즈키는 안에 든 걸 보고는 의아한 듯 눈을 깜빡였다.

"……카드 지갑?"

"응. 미즈키도 봄부터 고등학생이니까."

미즈키의 이미지로, 물색 카드 지갑.

몽크인 슈슈답게 주먹 마크가 들어간 게 어떨까 싶었지만, 그런 건 전혀 팔지 않았으니까!

"일단 방해되지 않는 물건을 고르려고 했는데."

"으, 응. 없었으니까 기쁘긴 하지만, 나도 오빠랑 같은 고등학교니까 자전거로 갈 텐데? 전철 같은 건 안 타."

미즈키는 조심조심 말했다.

—그런 건 알고 있어.

"자전거 통학이라서 평소에는 쓰지 않으니까 카드 지갑을 선물할 수 있는 거야. 매일 쓰는 걸 나의 센스로 고를 수는 없잖아."

"왜 그렇게 자신감이 없어?! 오빠한테 받은 물건이라면 제대로 쓰는걸!"

"그러니까 못 주는 거잖아!"

평소에 쓰는 걸 선물하면, 배려심 있는 여동생은 제대로 써주려고 하겠지.

그러니까 밖에서 쓰는 물건을 선물한다면, 사용 빈도가 낮은 아이템을 골라야 한다.

"전철에 탈 때라든가, 전자 머니를 쓸 때 활용해줘."

"응. 매일 갖고 다닐게."

"그러니까 매일은 갖고 다니지 않아도 된다니까."

일단 말리기는 했지만, 카드 지갑을 기쁜 듯 바라보는 미즈키는 전혀 듣지 않았다.

　저렇게 기뻐해 준다면 고른 나도 기쁘긴 하지만.

　"……아."

　혹시나 하고 생각난 게 있었다.

　"……다들 이런 느낌이었나."

　나에게 줄 초콜릿을 준비하면서 제대로 기뻐할까 걱정하고, 내가 크게 기뻐하니까 안심하거나. 그랬던 걸까.

　똑같은 마음을 느낄 수 있다면, 이 고생도 나쁘지 않은 것 같았다.

Online

from Lv.6

막간

"즉시 없애버릴 거예요"

And you thought there is Never a girl online?

"좋아, 먹을 수 있는 맛이야! 다행이야. 늦지 않았어!"

올해 답례를 위해 도전한, 손수 만든 레어 치즈 케이크.

무사히 완성한 건 3월 14일, 화이트데이 당일 낮이었다.

"정말로 위험했어. 화이트데이를 무시할 뻔했다고……."

"글러먹은 인간이네. 오빠."

"글러먹은 선배."

도와준 미즈키와, 놀러 왔던 후타바가 말했다.

미즈키에게 듣는 건 어쩔 수 없다. 2년 연속으로 잊어버린 데다 올해도 도와줬으니까.

그러나, 그 옆에서 케이크를 맛있게 먹고 있는 후타바는 어떤데.

"뭐지? 후타바한테 들으니까 도저히 납득이 안 가는데."

"초코는 줬으니까, 답례를 받을 권리, 있어요."

"그 초코, 10엔짜리였잖아!"

후타바가 아코에게 맡겼던 초콜릿, 편의점에서 파는 10엔 짜리였다.

아코를 자극하지 않는다는 의미에서는 만점의 의리 초코 였지만, 답례는 우메에봉이면 충분했을 거다!

"젠장. 10엔 초코의 답례로 먹는, 갓 만든 케이크는 맛있냐?"

"65점."

"신랄해!"

완전히 시식 담당인데, 어째서인지 앞치마를 장비하고 있는 신랄한 평론가 후타바. 엄격한 점수를 매겼다.

상관없잖아. 그럭저럭 먹을만하면 충분하다고! 처음 만든 거니까!

"갓 만든 게 아니라, 갓 식힌 거 아닐까……."

"식히는 게 마지막 작업이었으니까."

그렇기에 맛보는 것에 긴장했던 거다. 65점이라면 뭐, 넘어가자.

"그래서, 나와 미캉은 괜찮지만, 다른 사람은 어쩔 거야? 오늘 줄 거야?"

미즈키도 바로 케이크를 먹으면서 물었다.

"물론. 올해는 확실히 당일에 만날 약속을 잡았으니까 괜찮아."

"그렇구나. 보냉제는 냉장고에 있으니까 확실히 넣어놔."

"미안하다, 미안해."

케이크를 래핑해서 상자에 넣는 작업을 했다.

그러던 와중. 케이크를 먹는 두 사람을 보며 떠오른 게 있었다.

"그러고 보니, 두 사람."

"응~?"

"네?"

"LA가 서비스 종료다! 라고 하는데, 은근히 변함없이 기운차네."

"어, 응."

"네."

두 사람은 태연하게 단언했다. 진짜로 괜찮아 보인다.

"딱히, 별로 쇼크는 안 받았는데요?"

"원래부터 오빠하고 노는 게 목적이었는걸."

"끝나기 전까지, 선배와 선생님에게 이기면 그만."

담백해……!

물론 처음 공지를 봤을 때는 두 사람도 당황하긴 했다.

그래도 조금 시간이 지난 지금, 딱히 쇼크가 남지는 않은 것 같다.

"그렇지만 그, 친구도 있었잖아. 헤어지게 되잖아? 그런 건 괜찮아?"

"게임 친구는 별로 없었고, 가장 많이 놀았던 건 미캉인걸."

"그러고 보니, 거의 솔로였지!"

현실에서는 커뮤니케이션 능력이 높은 편인데, 어째서 온라인 게임에서는 외톨이인 걸까.

그럼 그쪽은 어떤가 해서 무표정으로 케이크를 먹는 후타바에게 시선을 돌렸다.

"후타바는, 발렌티누스 사람들하고 헤어지게 되잖아?"

"사부는, 찾아보면 찾을 수 있는 계열의 사람이라서."

"확실히!"

바츠는 찾으면 바로 발견할 수 있을 것 같다!

아무튼 좋든 나쁘든 유명인이다. SNS에서 찾아보면 본인이 나오고, 어느 게임에 나타나도 화제가 된다.

그보다 요전에 나도 연락처를 교환했었지!

그러나 후타바는 거기서 말을 멈추지 않았다.

"그래도, 걱정하는 건, 있어요."

"오오. 뭔가 신경 쓰이는 게 있다면 상담해보게나."

내가 믿음직한 선배인 척을 하자, 그녀는 진지한 목소리로 이렇게 말했다.

"게임이 끝나면, 선배들, 부 활동에 안 오게 되지 않을까 해서."

"어."

아, 그런 방향의 걱정?

확실히 이달로 LA가 끝난다면 4월부터 부실에서 할 게 없어지지만.

"그렇구나. 우리가 안 오게 되면 후타바 혼자 남으니까."

"맞아요. 만약, 혼자가 되면—"

후타바는 나를 바라보더니, 결의가 담긴 기색으로 말했다.

"즉시 없애버릴 거예요."

"제대로 출석할 테니까 즉시 없애버리지 마!"

후타바가 조리부로 완전 이적해버려!

단호한 건 좋지만, 여기서는 싹둑 잘라버리지 마!

"어쨌든 부에는 나올 거니까! 걱정하지 말고 출석하도록!"

"그럼 됐어요."

바로 납득한 후타바는 다시 케이크에 포크를 뻗었다.

정말로 신경 쓰이는 건 그것뿐이었나.

"오빠네, 앞으로 어떻게 할지 정했어? 다음 게임 할 거야? 아니면 다른 걸 할 거야?"

미즈키는 이번에도 진지하게 물었다.

으음. 앞으로 어떻게 하느냐.

"솔직히, 아직 아무것도 정하지 않았어."

"전혀 안 정했구나."

"아직, 우리의 레전더리 에이지는 끝나지 않았으니까."

—끝나지 않았다.

그건 서비스가 끝나지 않았다는 의미가 아니라.

우리의 마음속에서, 끝나지 않았다.

그러니까 다음을 시작할 수 없는 거다.

"그걸 위해 노력하고 있으니까 조금만 기다려."

"또 이상한 생각 하는 거 아니지……?"

"조금 정도는 무리해도 괜찮잖아. 어차피 끝나니까."

"오빠?! 남에게 폐 끼치면 안 되거든?!"

"남에게 폐를 끼치지는 않으니까 안심하도록!"

……아마도!

하하하, 하고 웃으며 얼버무리고는 다 담은 케이크를 봉지에 넣었다.

"그럼 나는 답례 선물을 전해주는 여행을 떠날게. 안녕이다, 여동생과 그 친구여!"

"다녀와~, 다시 돌아와야 해~."

"바이바이."

두 사람에게 손을 흔들며 집을 나섰다.

자, 그럼. 처음에 약속한 건 작년과 마찬가지로.

변함없는 나의 파트너, 세가와 아카네다.

화이트데이 대연속 퀘스트 Lv. 2

"모두의 추억은 내가 맡아놨어!"

1년 전

And you thought there is Never a girl online?

오늘 안에 전원에게 답례 선물을 준다―. 그렇게 정한 건 좋았지만, 누구부터 줄지, 어디서 만날지, 그런 예정은 하나도 정하지 않았다.

아니, 이날은 조금 용건이 있다고 전해두기는 했다.

그러나 쿠키조차 완성되지 않은 단계였으니까, 몇 시에 약속을 잡을 수조차 없었다고.

"일단 연락이 되는 순서대로 건네주러 갈 수밖에 없나."

휴대폰을 손에 들고 혼자 중얼거렸다.

으음. 그래도 이른 아침이니까, 섣불리 연락하면 깨워버릴지도.

밸런타인의 답례를 하기 위해 이른 아침부터 깨운다니…….
대단한 모순이잖아…….

"으~음. 누가 로그인하지 않았을까."

일어난 사람이 있으면 아마 로그인했으리라는 단순한 생각으로 LA 클라이언트를 켰다.

온라인 게임을 하는 멤버가 있다면, 우선 그 사람부터 건네주면 오케이이다.

말이야 이래도, 이렇게 이른 아침 시간이니까 어차피 아무도 없겠지만―.

◆슈바인 : 오. 이런 아침부터 오다니 웬일이야?

◆루시안 : 있잖아아!

◆슈바인 : 앙? 뭐야. 리액션이 이상하잖냐.

모임장에 슈바인이 있었다!

그러고 보니 이 녀석, 필드에 사람이 없다면서 이른 아침
부터 사냥한 적이 있었지.

아아~, 일어나 있어서 다행이네. 우선은 슈부터 건네주자.

◆루시안 : 슈. 잠깐 할 말이 있는데.

◆슈바인 : 이 몸에게 할 말이라고?

◆슈바인 : 아아, 뭔가 용건이 있다고 했었던가. 무슨 일이야?

◆루시안 : 실은 말이지……. 으음…….

큭. 채팅으로 화이트데이가 어쩌고 말하는 거 부끄러워.

그러나 괜히 우회적으로 말해봤자 별수 없으니까, 단호하
게 말하자.

◆루시안 : 지금부터, 잠깐 너네 집에 가도 될까?

◆슈바인 : ……뭐? 집이라니, 게임의?

◆루시안 : 현실.

◆슈바인 : 지금 당장?

◆루시안 : 지금 당장.

…….

채팅이 한동안 비었다.

역시 갑자기 말하는 건 무리가 있었나? 상식이 없다고 말하면 변명할 수가 없다.

◆루시안 : 안 된다면 딱히 상관없어. 잠깐만 만나고 싶을 뿐이니까.

◆슈바인 : 기다려. 멀쩡해. 멀쩡하다고. 괜찮기는 한데.

오, 슈바인 모드에서 세가와 모드로 바뀌었다.

본래 상태로 돌아온 슈가 조심조심 그 자리를 왕복하며 물었다.

◆슈바인 : 지금부터라니, 우리 집에 올 때까지 얼마나 걸려?

◆루시안 : 음~. 30분은 걸리겠지.

◆슈바인 : 그 정도 걸리면……. 으~음. 그래도…… 큭…….

뭔가 고민하고 있는지 고뇌의 채팅이 나온 뒤.

◆슈바인 : 응, 가능해! 해내겠어! 언제든 오라고!

◆루시안 : 절대로 보여서는 안 되는 리액션이라고 생각하는데?!

그렇게 무리하게 말할 생각은 없거든?!

◆루시안 : 모임장에 있으니까 뭔가 한가해 보여서 지금부터라고 말한 것뿐이야! 낮에라도 괜찮다고!

◆슈바인 : 멀쩡해! 그보다 실제로 지금이 제일 한가하고!

◆루시안 : 어라? 오늘은 다른 용건이 있다던가?

◆슈바인 : 아니. 지금을 놓치면 밤까지 잘 거니까.

◆루시안 : 또 자는 거냐…….

◆슈바인 : 실례네. 아직 안 잤어!

◆루시안 : 아침까지 하고 있었던 거야?!

그래서 일어나 있었던 건가!

그야 지금을 놓치면 다음 기회는 밤이 되겠네!

◆슈바인 : 아까 자러 갔지만. 아코도 계속 있었어.

◆루시안 : 아코도 있었나…….

아까 잤다면, 아코에게 주는 건 마지막이 되겠군…….

그렇다면 역시 세가와에게는 아침에 건네주고 싶다.

본인이 괜찮다고 말했으니까 지금부터 가야겠다.

◆루시안 : 그럼 미안하지만. 지금부터 가도 될까?

◆슈바인 : 그래. 기다릴게! 그럼!

슈는 시간이 아깝다는 듯 로그아웃했다.

서두르게 해서 정말 미안하다.

"좋아. 나도 준비하고 가야지……."

화이트데이 대 연속 퀘스트, 첫 번째. 타깃은 세가와 아카네.

세가와, 기뻐해 주면 좋을 텐데.

††† ††† †††

마에가사키 역에서 두 정거장, 역에서 조금 걸어간 언덕 도중에 있는 건물.

오랜만에 찾아온 곳은 세가와가 사는 맨션이다.

그 입구에 작은 트윈테일 소녀가 서 있었다.

"미안. 기다렸어?"

"괘, 괜찮아…… 시간대로네……"

세가와는 조금 거친 숨을 몰아쉬면서 말했다.

트윈테일이 불안정하게 하늘하늘 흔들리고, 평소의 드센 표정도 조금 피곤해 보인다.

"만난 순간부터 피곤해 보이는데……"

"이런저런 준비의 최단 기록을 경신했어. 역시 나야."

"아니 진짜, 정말로 미안."

아침부터 여자아이가 사는 집에 들이닥치다니, 그야 민폐겠지.

휴일이라고 생각해서 긴장을 풀고 있었을 텐데 미안하다.

"너는 어쩔 수 없지. 가까운 사이인 아코도 여동생도, 쌩얼인데 귀여운 특수 몬스터니까."

세가와는 하아, 하고 한숨을 내쉬었다.

그녀는 내 얼굴에 검지를 척 들이댔다.

"하지만 나는 확실하게 잡 체인지하지 않으면 싸울 수 없어. 그런 아이가 더 많으니까 기억해두라고."

"……그런가아~."

최종적으로는 잡 체인지하는 것보다 쌩얼이 강한 게 아닐까? 그런 게임스러운 말을 하려는 건 아니고.

아코나 미즈키가 쌩얼로도 귀여운 건 확실하지만, 나는

세가와가 목욕하고 막 나온 모습도, 자다 일어난 모습도 본 적이 있다.

하지만 아무런 문제도 없이 귀여웠다고 생각하는데? 정말로 쌩얼은 안 되나?

아무튼, 이른 아침이니까 괜히 시간을 들이지는 말자.

"그럼, 이야기 말인데……."

"아아, 잠깐잠깐."

말을 시작하려던 나를 가로막은 세가와가 뒤로 슬쩍 물러났다.

그리고 드르륵 열린 자동문 쪽을 손으로 가리켰다.

"여기까지 왔는데 로비에서 이야기할 수도 없잖아. 차 정도는 내줄 테니까 올라와."

"갑자기 왔으니까 그렇게까지 해주지 않아도 되는데……."

"됐어됐어~. 일부러 정리했는데 네가 안 오면 의미가 없잖아."

자자, 하며 그녀가 손짓해온다.

그렇게 말한다면 실례하기로 할까. 이런 인파가 있는 곳에서 주는 것도 좀 부끄러우니까.

둘이서 엘리베이터를 타고 8층으로 향했다.

오랜만에 보는 『세가와』라는 명패가 왠지 그리웠다.

그건 니시무라 가(게임 속)가 완성된 무렵이니까, 반년 전쯤이었나.

"들어와."

"시, 실례합니다."

세가와의 집에 온 건 두 번째다.

저번에는 다른 여자가 있었으니까 그나마 마음 편했지만, 나 혼자니까 꽤 긴장되네.

"안심해. 아버지는 없으니까."

"그건 다행이야. 진짜로."

여사친의 아버지가 나온다니, 진짜로 무섭잖아.

아직 아코의 아버지조차도 조금 거북한데 말이지.

때마침 그때…….

"아카네~? 친구 왔니?"

목소리와 동시에 안쪽 문에서 고개를 빼꼼 내민 것은, 세가와의 어머니였다.

변함없이 조그만 사람이다. 우리 엄마보다는 꽤 크지만.

"안녕하세요. 실례하겠습니다."

살짝 고개를 숙였다.

세가와의 어머니는 나를 보며 손뼉을 쳤다.

"아~! 너는 전에 아카네가 데려온 아이?"

"네. 니시무라입니다."

대답한 나를 빤히 바라보던 어머니는 씨익 웃었다.

아, 이 웃음. 뭔가 불길한 예감이 들어!

"뭐~야. 역시 아카네의 남친이었니?"

아아아아아! 역시나!

그랬다. 이런 느낌의 사람이었지, 세가와의 어머니는!

"아닙니다!"

"아니야!"

딱히 상의하지도 않았는데 우리 둘이서 동시에 대답했다.
어머니는 그런 우리를 의아한 듯 바라봤다.

"이렇게 사이좋아 보이는데, 안 사귀어?"

"어째서 사이좋으면 사귀는 게 되는 건데?"

"왜 사이좋은데 안 사귀는 거니?"

우와, 이 모녀. 이야기가 전혀 맞물리질 않네!

엇나간 대화를 먼저 단념한 건 세가와(딸) 쪽이었다.

"아~, 정말~! 엄마는 정말 말이 안 통한다니까!"

"또~, 울컥하기는. 너도 엄마의 딸이니까 조만간 이해할
거야."

"평생 몰라도 되거든!"

흥, 하고 콧김을 내뿜은 세가와는 현관을 올라와서 그대
로 방으로 걸어갔다.

"자. 뭐 하고 있어, 니시무라?"

"옙. 그럼 실례합니다."

"느긋하게 있다 가렴~."

손을 하늘하늘 흔든 어머니의 배웅을 받으면서 한 번 들
어간 적이 있는 세가와의 방으로 실례했다.

전에 왔던 건 선대 PC인 샐러맨더가 사망했을 때다.

그때는 타버린 냄새가 가득 찼었는데, 이번에는 제대로 여자아이다운 냄새가 난다.

얼추 정리했다지만, 벽장 밑에서 옷자락이 삐져나와 있는 건…… 눈치채지 못한 척하자. 갑자기 들이닥쳐서 미안.

"그럼 주변에 앉아. 차 타 올 테니까."

"알았어."

세가와를 배웅하고 테이블 앞에 놓인 쿠션에 앉았다.

그때, 침대에서 뒹굴던 검은 고양이와 눈이 마주쳤다.

포포리, 였던가? 내가 왔는데도 뒹굴고 있다니, 여전히 싹싹한 고양이다.

"기다렸지. 집을 뒤적거리거나 하지는 않았겠지?"

"유감이지만, 고양이에게 감시당하고 있었으니까 아무것도 하지 않았어."

"그렇구나. 옳~지옳지. 장하네, 포포리."

마구마구 쓰다듬자, 검은 고양이는 싫은 듯 몸을 뒤틀었다.

세가와는 포포리를 한바탕 어루만진 뒤에 내 앞에 차를 내주며 말했다.

"엄마가 이상한 말만 해서 미안."

"괜찮아. 뭔가 독특한 어머니네."

"뭐, 그렇지. 머리가 연애뇌라고 해야 하나, 꽃밭이라고 해야 하나. 해피밀 세트라고 해야 하나……."

"란란루~."

"도날드 매직을 걸어버리고 싶어."

……도날드 매직을 하면 대체 뭐가 일어나는 건데?

"보통은 젊은 시절에는 남자가 끊이지 않았느니~ 그런 이 야기를 태연하게 하는 부모님이거든. 부모님의 연애 경험 같 은 건 듣고 싶지 않은데."

"나도 부모님이 친해지게 된 이야기 같은 건 모르는데."

듣고 싶냐고 묻는다면 미묘한 기분이다.

언젠가는 알아두고 싶지만.

"뭐, 아코네 부모님이 처음 친해지게 된 이야기는 알지만."

"왜 그쪽은 아는 거야?"

아코의 어머니가 그야말로 기뻐하면서 이야기했고, 아코 도 진지한 표정으로 들었으니까.

들으면 들을수록 아코의 아버지는 정말 고생하셨다고 생 각한다.

"뭐, 그건 됐어. 먼저 네 이야기부터네."

세가와는 그 자리에 다시 앉았다.

"이야기라니 뭔데? 아코랑 싸우기라도 했어? 아니면 나나 코랑 아코가 마침내 다퉜다든가? 설마 아코가 현실을 포기 하고 인터넷에서 살아가겠다고 말했다든가……."

"왜 내 이야기는 전부 아코 관련인 건데……."

"그밖에 뭐가 없잖아."

"기본적으로는 그렇지만, 이번에는 아니야!"

"뭐, 그렇겠지. 아코도 평범했고."

오늘은 아침까지 같이 게임 했었을 테니까.

그럼, 으으음. 내 용건이라는 건.

"이야기라는 건, 그게……."

"그게?"

"저기……."

"뭐야? 안 웃을 테니까 말해봐."

세가와는 나를 똑바로 바라봤다.

큭. 본인이 눈앞에 있으니까 부끄럽네. 미즈키라면 괜찮았는데.

"뭐라고 해야 할까……. 저번 달에 밸런타인데이가 있었잖아?"

"그렇지."

눈앞의 그녀는 「그땐 고생했지~」라고 만감을 담아 말했다.

그게 초코 제작 쪽인지, 던전 쪽인지는 제쳐놓고.

"세가와도 나한테 초코 줬잖아?"

"줬지……. 너무 텐션이 올라갔던 것 같지만……."

"교실 전체가 소란스러워졌으니까~."

"지금은 이미 진정됐지만……. 어라?"

한 달 전을 떠올리면서 말하던 세가와는 응? 하고 벽에 걸린 팬시한 달력을 바라봤다.

동시에 트윈테일이 휙 휘날렸다.

"아…… 응? 어?"

마침내 화이트데이에 대해서 눈치챈 모양이다.

나는 가방에서 답례 선물 봉지를 꺼냈다.

조, 좋아. 여기까지 왔으니 이제 얼버무릴 수 없지!

"저기, 초코 고마웠어. 화이트데이니까, 이거 답례야!"

"에에엑?!"

세가와는 나의 답례 선물을 받지도 않고, 앉은 채로 몇 센티미터 뒤로 물러났다.

그렇게 놀라지 않아도 될 텐데.

"너…… 그걸 위해 온 거였어?!"

"그야 화이트데이니까. 자, 받아."

다시 봉지를 내밀자, 세가와는 조심조심 받았다.

두 개의 작은 봉지를 가만히 바라본 뒤.

"고, 고마워……. 우와, 이거 기쁘네."

흐뭇하게 풀어진 미소를 지었다.

기뻐해 주는 건 굉장히 기쁘지만, 뭔가 미묘하게 두근두근하므로 단둘이 있을 때 그런 귀여운 얼굴은 보여주지 말았으면 좋겠습니다.

"그보다, 오늘은 화이트데이인데 그걸 위해 왔다고 생각하지 못했어?"

"애초에 초코를 주는 게 처음이었으니까 답례 같은 건 생각 못했어."

"너는 나냐……."

역시 파트너야. 생각하는 레벨이 똑같다.

세가와는 그렇게 말하면서 안이 보이는 봉지를 들었다.

"으음, 이건 쿠키? 괜찮아? 먹어도 돼?"

"불안하면 괜찮은지 먼저 먹어줄게."

"맛이 불안하다기보다는, 내가 만든 것보다 맛있으면 어쩌나 해서."

"일단, 여동생의 합격점은 받았는데."

"그거 위험하잖아. 내 자신감이 붕괴 직전인데."

"대체 어떻게 그런 자신감을 가지고 있는 걸까."

붕괴할 정도의 자신감이 있다면, 오히려 그게 이상하지 않을까?

그러나 세가와는 으으, 하고 불만스럽게 말했다.

"그야 나, 초코는 맛있게 만들었잖아."

"아아, 응……. 그렇지. 맛있…… 맛있게…… 만들……었었지……."

"왜 그렇게 복잡한 듯이 말하는 거야!"

"그야……."

실제로, 초콜릿은 맛있었다고?

맛있었다. 맛있기는 했지만.

"뭔가 맛이 불안정해서, 맛없는 것도 종종 들어있었으니까."

"정말로? 평범하게 만들었는데 왜 맛이 차이가 나는 거야……."

"글쎄……?"

어째서 한꺼번에 만든 초콜릿의 맛이 제각각이었던 걸까.

가장 심한 건 먹는 게 힘들 정도의 맛이어서, 완전 흙 같았다.

"전체적으로는 맛있었다, 고 생각해."

"……응. 알았어. 쿠키는 조금 마음의 준비를 하고 나서 먹을게."

"야."

맛은 괜찮을 거니까 상하기 전에 먹어 주세요.

그리고 세가와는 또 하나의 봉지를 들었다.

"이쪽은?"

"쿠키만 주는 건 좀 그러니까, 소정의 선물 같은 거야."

"웬일이래~. 니시무라가 아닌 것 같아."

"나, 나도 가끔은 노력한다고!"

물론 생각한 건 미즈키지만!

실룩거리는 미소를 지은 나를 의아한 듯이 바라보면서 봉지를 연 세가와는 안을 확인하더니 어리둥절하며 말했다.

"……이거, 헤어 고무밴드?"

"맞아. 너무 비싼 건 무겁다고 해서."

언제나 트윈테일을 하고 있는 그녀에게 헤어 고무밴드는

있어도 곤란하지 않을 물건이라고 생각했다. 이미지로 봐도 상상하기 쉬웠고.

그러나 세가와는 밴드를 빤히 바라보며 아무 말도 하지 않았다.

"……."

"저기, 마음에 안 들었어?"

"…………."

"세가와 씨~?"

"……픕, 푸훗."

웃었다! 이 녀석 웃었어!

"왜 웃는 거야!"

"이거, 전혀, 내 취향 아니라고…… 훗, 큭…….."

"그렇게나?! 괜찮을 줄 알았는데!"

"그럴 리가. 이거 너무 귀엽잖아. 꽃 같은 거 달려있고."

"뭐, 평소에 쓰지 않던 걸 골랐으니까…….."

확실히 평소의 세가와는 리본 달린 헤어 고무 같은 걸로 그치거나, 심플한 고무로 묶은 뒤에 리본을 다는 정도다.

머리 모양에 비해, 귀여운 이미지의 액세서리는 쓰지 않는다.

그러니까 가끔은 귀여운 걸 쓰면 좋지 않을까~, 그런 생각을 했었다.

"취향이 아니었나……. 그런가, 미안…….."

"왜 시무룩한 건데?"

"쓰지 않을 걸 골라버렸으니까."

"딱히 안 쓰는 건 아니야. 게다가, 이거면 됐어."

세가와는 키득키득 웃으면서 헤어 고무에 달린 커다란 꽃을 매만졌다.

"난 이런 건 절대 안 사니까, 한눈에 네가 줬다는 걸 알 수 있잖아. 섞여서 모르게 되는 것보다는 이게 더 기뻐."

그대로 소중한 듯 들어서 품에 안으며 말했다.

"소중히 쓸게. 고마워."

"……네."

나는 왠지 미안한 마음으로 고개를 끄덕였다.

선물한 것 자체보다는 나의 마음을 기뻐해 준다는 느낌이다.

제대로 쓸 수 있는 것을 선물할 걸 그랬다는 후회가 들었지만, 그래도 고른 물건의 호불호와는 별도로 좋아해 주는 건 기뻤다.

아아아, 왠지 묘하게 부끄러운 기분!

"그럼 오래 있는 것도 미안하니까, 슬슬 돌아갈게."

세가와의 어머니가 이상한 오해를 하면 곤란하니까.

내가 그렇게 말하며 일어나려 하자, 세가와가 말을 걸었다.

"아, 잠깐만!"

"응?"

"이렇게 방까지 와준 너한테, 잠깐 부탁할 게 있어."

"나한테 부탁……?"

"그래. 너 말고는 부탁할 수 없는 일이야."

"또 호들갑스럽게."

나밖에 할 수 없는 일 같은 건 없을 텐데.

그러나 세가와는 진지하게, 그러나 어딘가 부끄러운 듯 말했다.

"정말이야. 너에게…… 니시무라에게만은, 나의 소중한 걸…… 보여줄 수 있으니까."

"세가와……."

뺨을 물들이며 말하는 그녀를 보자, 모든 걸 깨달았다.

세가와의 방에서 단둘이 있을 때, 나이기에 보여줄 수 있는 소중한 것.

……그런가. 그런 거였나.

"바하무트의 상태, 안 좋은 거냐……."

"컴퓨터 안을 보여줄 수 있는 거, 너 정도밖에 없으니까……."

—퀘스트 발주의 소식이었다.

†††   †††   †††

눈앞에 놓인 검은 상자.

나와 세가와는 전원을 꺼서 조용하게 잠들어 있는 컴퓨터 본체를 복잡한 얼굴로 바라보고 있었다.

"이 아이의 상태가 좀 별로야."

"으음. 겉보기에는 괜찮은 것 같은데."

"한눈에 봐서 상태가 안 좋으면 벌써 끝난 거잖아."

"선대인 샐러맨더는 탄내가 났었으니까."

"바하무트는 샐러맨더와는 다르다고!"

세가와는 본체를 찰싹찰싹 만지며 말했다.

이것이 하우징 콘테스트에 입상해서 상품으로 받은 레전더리 에이지 공인 컴퓨터, 애칭은 바하무트다.

유명 주문제작 메이커가 구축한, 온라인 게임을 쾌적하게 플레이할 수 있는 모델……이기는 하지만, 결국 저스펙 2D 게임인 레전더리 에이지가 기준인 데다 몇 년 전의 콜라보 제품으로 고안된 구식이다.

기동한 지 반년 만에 상태가 안 좋아지는 것도 별로 놀랄 일은 아닐지도 모른다.

"나도 이것저것 만져봤는데. 예전 컴퓨터는 설명서 같은 게 있었지만, 이 아이는 정보가 거의 없어."

"BTO는 그런 거니까 어쩔 수 없지."

필요한 부품만으로 구성된 BTO— Build To Order 컴퓨터는 가성비는 뛰어나지만 고객 지원이 뛰어나진 않다.

적어도 설명서 같은 걸 기대할 수 있는 제품은 아니다.

수리 같은 건 물론 받아주지만 말이다.

"진짜로 상태가 안 좋으면, 수리를 보내면 되지 않아?"

"받은 거니까 보증서 같은 게 없단 말이야."

"아아……. 그건 그런가."

증정 상품에 3년 보증 같은 게 붙을 리가 없나.

기본적으로 가난한 세가와가 씁쓸한 표정을 짓는 것도 이해한다.

"게다가……."

"왜 그래?"

"……수리를 보내면, 안에 있는 데이터를 누가 보잖아?"

"그야 체크하겠지."

그러지 않으면 못 고치니까, 컴퓨터에 보존된 데이터가 보일 가능성은 있겠지.

세가와는 미묘하게 눈을 돌리면서 거북하게 말했다.

"남이 컴퓨터 안을 보는 거, 부끄럽지 않아?"

"이해하지 못하는 건 아니지만!"

그렇다고 싫어하면 수리를 부탁할 수 없잖아!

"딱히 안 움직이는 것도 아니니까, 일부러 수리를 보내서 안을 보여줄 것까지는 없을 것 같아서 그대로 놔둔 거야."

"그런 논리로 말하면 내가 보는 것도 안 되는 것 같은데."

"니시무라라면, 어느 정도 부끄러운 것도 보여줄 수 있으니까."

"그런 말, 기뻐해야 하는 건가……."

마음을 터놓고 있는 건지, 단지 가볍게 보는 건지 모르겠다.

아무튼, 그래서 집에 온 나에게 상태를 봐달라고 한 건가.

"그러니까 우리 아이를 부탁해."

"너무 기대하지 말아 줬으면 좋겠어."

전문가도 아닌데 컴퓨터의 상태를 봐줘야 한다니, 꽤 압박 감이 든다.

애초에 주인인 세가와도 기계 조작이 특기인 편이니까, 내 가 할 수 있는 게 과연 있을까.

「나도 모르겠어!」라고 대답해도 딱히 세가와가 화내지는 않을 거고, 나름의 밸런타인데이 답례가 될 테니까 해볼 만 큼 해볼까.

"전원은 평범하게 켜지네."

"아까까지 로그인했잖아. 그쪽은 문제없어."

세가와가 전원 버튼을 꾹 눌렀다.

낮은 구동음을 들으면서 한동안 기다리자, 대량의 아이콘 이 뒤죽박죽 늘어선 바탕화면이 모니터에 비쳤다.

오오우. 보기 힘들다.

"더러운 바탕화면이네."

"이래 봬도 필요한 파일밖에 놔두지 않았거든? 쓰고 싶은 소프트를 원 클릭으로 켤 수 있는 이상적인 배치란 말이야."

"방이 더러운 녀석의 변명 같은 말을……."

자기 방은 깨끗하게 해두면서, 컴퓨터는 더러운 건가.

……오? 아이콘에 가려져서 눈치채지 못했지만, 배경 그림 은 어디서 본 것 같다.

"이 배경 그림은……."

"슈바인 님과 루시안이야."

"그와 비슷한 캐릭터의 공식 일러스트잖아."

모니터에 비친 배경화면은 세가와가 레전더리 에이지를 시작한 원인이 계기가 되었다는, 슈바인과 닮은 대검사와 루시안과 닮은 방패 쓰는 남자 두 사람이 포즈를 취하고 있는 공식 일러스트다.

일부러 배경에까지 쓸 정도니까 정말 어지간히도 마음에 들었나 보다.

딱히 내 캐릭터가 직접 관련이 있는 건 아닌데, 왠지 조금 쑥스럽다.

"……그나저나, 확실히 남에게는 보여줄 수 없는 컴퓨터네."

"시끄럽네. 나도 자각은 있다고."

2차원 캐릭터가 배경인 데다, 아이콘이 뒤죽박죽인 바탕화면.

왠지 조금 보기만 해도 아…… 라는 말이 나온다.

애초에 남에게 보여줄 수 없는 게 전제였으니까 아무런 문제도 없지만, 이럴 때는 조금 곤란하다.

"오히려 네 바탕화면은 어떤데? 배경에는 아코와 투샷 사진이라도 쓰고 있는 거지?"

"배경은 검은색 일색이고, 바탕화면은 휴지통밖에 없어."

"왜 컴퓨터까지 수수한 건데……."

"그거 은근슬쩍 컴퓨터 외적으로도 수수하다고 말하는 거잖아!"

수수해서 미안하게 됐네요, 젠장.

배경이 검은색이라면 전기 소비도 줄어들고, 눈에도 조금 좋아 보이기도 하니까! 조금은 화면 번인의 대책도 되고!

"뭐, 나도 샐러맨더 시절에는 그런 느낌이었지만."

"배경화면이 없으면, 컴퓨터 본체의 부담도 조금 줄어드니까."

스펙이 낮은 컴이라면 배경은 단일 색상에 바탕화면을 텅텅 비우게 설정하는 걸 추천합니다.

자, 그럼. 상태가 안 좋다고 했으니까, 켜고 나서 한동안 기다려봤는데……. 딱히 이상한 느낌은 없네.

"그냥 켜졌는데, 상태가 어떻게 안 좋은 거야?"

"그게 말이지. 동작이 둔하다고나 할까, 불안정하다고나 할까……. 뭐가 안 좋다고 하기는 좀 그런데, 명백하게 상태가 안 좋은 느낌이야."

"그 스태미나 고갈 같은 증상은 뭐야?"

들어보기만 해도 영문을 모르겠다.

일단 건드려볼까 싶어서 마우스를 쥐고 조금 움직여봤다.

"응. 평범하게 움……직……? 어라?"

뭐지, 이거? 좀 이상한데.

마우스를 움직이면, 마우스 커서는 제대로 움직인다.

움직이지만, 뭔가 움직임이 무척 둔하다.

키보드를 탁탁 입력하자, 그쪽의 조작도 왠지 느리다.

─과연. 세가와가 말하고자 하는 걸 알았다.

"뭐가 안 좋은지는 모르겠지만, 명백하게 이상해!"

"그렇지!"

영문을 알 수 없는 묘한 문제야!

무슨 일이 일어나야 이렇게 되는 거냐고!

"게다가 이거, 컴퓨터의 상태가 안 좋다고 검색해 봐도 왠지 제대로 정보가 안 나와!"

"그런 궁극의 정보 약자 같은 검색 워드로는 무리지!"

컴퓨터 관련으로 조사할 때는 명확하게 말을 골라서 조사하는 게 기본이다.

이런 수수께끼 증상의 대처법 같은 건 안 나오겠지.

"일단 스펙을 확인하고, 에러 체크도 해볼까."

요즘 OS는 본체 에러 체크가 항상 작동하고 있겠지만, 명백하게 이상한데 반응하지 않으니까 해봐도 손해는 없을 거다.

"스펙은……. 으음, 빡세다면 빡세지만, 이렇게 느릴 리는 없겠지."

"역시 메모리가 부족한 걸까?"

"LA를 하고만 있을 뿐이라면 문제없을 메모리고, 아무것도 안 했는데 무겁다니 어떻게 된 거지?"

"굳이 따지자면 온라인 게임을 켜면 안정돼."

"얼마나 이상한 거야."

시작 프로그램에 묘한 점은 없고, 이상한 프로세스가 메모리를 점유하는 기색도 없나.

으음. 원인을 모르겠다.

"대체 뭐가 문제인 걸까. 진짜로 본체의 깊은 곳에서 에러가 난 건가."

"그러면, 고칠 수 있어?"

"최악의 경우 초기화하는 방법도 있지만……. 켁."

"왜, 왜 그래?"

"애초에 에러 체크가 너무 느려서 진행이 안 돼……."

뭐가 문제인지조차 확인할 수 없어!

이래서는 역시 손쓸 수가 없는데.

"조금 버거울지도 몰라."

"너라도 안 된다면, 수리를 보낼 수밖에 없나."

"조금 더 노력해보겠지만……."

그렇게 말하면서 백그라운드 프로그램을 확인했다.

원래 저스펙 PC를 필사적으로 쓰던 세가와라서 그런지, 무거운 프로그램은 쓰지 않고 있다. 이게 원인이 되어 무거워진 건 아닌 모양이다.

—어라? 우측 하단에 숨어있던 알림창에 경고 표시가 있었다.

"여기, 뭐가 있는데. 경고 같네. 으으음……."

"왜 그래? 원인 알았어?"

"……아아, 진짜냐……. 응. 알았어. 아마 이거야…….'"

"정말로?! 어디가 문제인데?!"

"잠깐 기다려봐……. 아아, 역시 그러네."

C드라이브의 모습을 확인하고 모니터에 표시했다.

그곳에 모든 원인이 적혀있었다.

"이걸 봐. 여기 사용하는 영역과 빈 영역을."

"으으음……. 사용하는 게 220기가바이트고, 빈 공간이…… 7기가바이트?!"

"이 녀석, 하드디스크 용량이 부족한 거야……."

"빈 공간이 5% 이하인 거네……."

"이래서는 바하무트라도 죽기 직전 상태인 거지."

"주, 죽기 직전?!"

세가와가 경악했다.

귀찮아서 꺼놨던지, 숨어있던 경고 메시지에는 『디스크 용량이 부족합니다.』라고 나와 있었다.

C드라이브 용량이 적어서 250기가바이트, 사용 가능한 영역은 227기가바이트인데 벌써 220기가바이트나 쓰고 있다.

이런 빈사 상태인 바하무트이니 움직임이 느린 것도 어쩔 수 없다.

"아코라면 모를까, 세가와가 이런 기본적인 미스를 저지르다니……."

"그, 그렇지만! 하드디스크는 기본 동작하고는 상관없잖아!"

"가상 메모리라든가 임시 파일이라든가 이것저것 쓴다고. 이렇게 빈 공간이 없으면 수명도 줄어들 거야."

원래 대단한 스펙도 아닌데, 이래서는 움직임이 이상해지는 게 당연하다.

"그, 그럼 어떻게 해? 그, 그거! 조각 모음! 조각 모음을 하는 거지?!"

"요, 요즘 시대에 수동 디스크 조각 모음을?!"

[°д°] 조각 모음을 시작합니다.

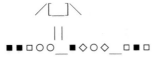

아아아, 내 머릿속에서 수수께끼의 아스키 아트가!

진정해, 진정해! 이런 그리운 캐릭터에 현혹되면 안 돼!

"옛날에 말하던 조각 모음은, 지금의 OS에서는 정기적으로 간단히 하고 있으니까. 굳이 의식적으로 하지 않아도 돼!"

"아, 그래? 그럼 조각 모음 씨는 해고네."

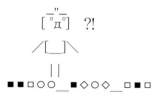

[°д°] ?!

"해고라기보다는, 비상근에서 상근이 된 느낌?"

"정사원이야? 그럼 승진이잖아."

[*°д°]

기쁜 소식에 안도하는 조각 모음 씨는 내버려 두고.

"일단 빈 용량을 늘리자. 휴지통하고 임시 파일을 지워서 최소한을 확보한 뒤에 정리하는 거야."

"……왠지 이렇게 나의 바하무트를 조작하는 걸 보고 생각한 건데."

"응?"

"너, 컴퓨터 잘 아네."

"왜 감탄하듯이 말하는 거야?"

"솔직히 원인을 알아낼 줄은 몰랐어."

"그다지 기대하지 않았구나……."

처음부터 저평가당한 건 그렇다 치고, 동료의 예상을 뛰어넘었다고 생각하니 나쁘지 않은 기분이다.

컴퓨터를 쓸데없이 만지작거리던 시간도 헛되지 않았던 것 같고.

"뭐, 그야 나도 최소한의 작업은 가능하니까!"

잘난 것처럼 비치지 않게 말했지만, 내 표정은 명백하게 의기양양했다.

그러나 세가와는 차가운 목소리로 말했다.

"그보다 너무 잘 아는 것도 오타쿠 같아서 좀 그렇네."

"방금까지 칭찬받아서 기분이 좋았었는데?!"

까 내리기 위해 말한 거였냐!

이야기하는 동안에도 바하무트의 쓸데없는 용량을 줄이고자 애쓰고 있었지만, 그 작업이 전혀 끝나지 않고 있었다.

"우와, 정리도 느리잖아. 용량을 얼마나 쓰고 있던 거야?"

"딱히 용량이 큰 프로그램은 안 깔았을 텐데……."

세가와는 납득이 안 가는 기색이었다.

하지만 어딘가에서 쓰고 있으니까 용량 부족이 나온 거지.

"나는 모르니까, 나중에 직접 쓸데없는 파일을 골라서 지워."

"이렇게까지 했으니까, 용량 큰 걸 찾아서 지워줘."

"……어."

"어, 라니 뭐야. 게다가 그 『진짜로 괜찮아?』라는 표정은 뭐냐고."

"아니, 그게."

그렇게 간단히 찾아서 지우라고 말하는데, 정말로 괜찮아?

"내가 찾아도 돼?"

"딱히 상관없어. 반대로 왜 안 된다고 생각했는데."

"그야, 용량이 큰 파일은 대부분 동영상이나 사진 데이터잖아?"

"그러게. 동영상은 대체로 무거우니까."

"그러니까 저기, 내가 찾으면, 동영상이나 사진이 잔뜩 들어간 폴더를 발견할지도 모르는 거니까……."

"그렇게 많이 보존한 기억은 없지만, 그거 발견하지 않으면 안 고쳐지잖아?"

"뭐, 응……. 세가와가 문제없다면 상관없지만……."

"아까부터 왜 말하기 어려워하는 거야? 내 사진 폴더가 그런……."

거기까지 말한 세가와가 순간 말이 막혔다.

아, 눈치챈 모양이다.

"……설마 너, 내가 불순한 동영상이나 사진을 모아놓고 있는 게 아닌가 말하고 싶은 거야?"

"자~, 그럼. 커다란 폴더는 어디 있을까~."

"얼버무리지 말라고!"

세가와는 눈에 띄게 알 수 있을 만큼 뺨을 붉혔다.

화내는 것보다는 부끄러운 것 같다. 드문 표정이라 솔직히 조금 귀여웠다.

하지만 아니야. 딱히 나도 세가와를 놀리고 싶어서 말한 게 아니라고.

"그야 친구의 야한 폴더 같은 걸 찾아내면 거북하잖아."

"만들었을 리가 없잖아!"

뭐, 그렇지. 나도 세가와가 그런 걸 만들었다고 생각하지는 않는다.

"그래도 말이지. 내가 보면 미묘한, 뜨거운 남자의 우정 사진 같은 게 있을지도 모르고."

"⋯⋯⋯⋯거의 없어. 그런 거."

"조금은 있는 거냐⋯⋯."

"신들린 이미지를 발견하면 슬쩍 보존해두는 게 인간의 본능이잖아."

모르는 바는 아니지만.

그럼 역시 내가 찾으면 안 좋지 않겠냐는 시선을 세가와에게 보냈다.

"⋯⋯역시, 내가 직접 찾아야 하나."

"그렇게 해주시죠."

츤데레 같은 분위기면서, 우리와 함께 있으면 솔직한 것이 세가와의 좋은 점이다.

세가와는 마우스를 잡고 몇몇 파일의 용량을 확인했다.

역시 거북한 건 보지 말자.

"……찾고 있는데, 평소에 쓰는 곳에 별로 용량 큰 파일은 없네."

"그래도 어딘가에는 쓰고 있을 거란 말이지."

"그렇게 말해도, 달리 들어있는 건……. 앗."

세가와는 모니터에 몸을 쭉 내밀어서 뭔가를 가리켰다.

"잇! 엄청 용량 큰 폴더가 있었어! 원인이 이거라면 어쩔 수 없어!"

"어, 뭐였는데?"

"봐봐, LA 폴더야! 이거라면 어쩔 수 없잖아!"

세가와는 「나 때문이 아니었네.」라면서 고개를 끄덕였다.

화면을 바라보니, 레전더리 에이지의 클라이언트가 들어 있는 폴더의 정보가 표시되어 있었다.

정말이다. 용량을 꽤 먹고 있다. 역시 온라인 게임은 하드를 꽤 잡아먹는단 말이지.

그 폴더의 사이즈는— 200기가바이트가 넘는다고?!

"아니아니아니, 잠깐만! 이럴 리가 있냐고!"

"그래도 실제로 쓰고 있잖아."

"어떤 초고화질 게임이라도 이런 사이즈는 안 나와! VR 온라인 게임도 이런 용량은 안 될 거라고!"

몇 년 전 2D 게임인 레전더라 에이지가 200기가바이트라는 터무니없는 용량을 차지할 리가 없다.

그렇다면 안에 원인이 있을 거다.

"조금 더 조사해봐. 안에 이상한 데이터가 있을 거야."

"뭐~? 평범해 보이기만 하는데."

세가와가 레전더리 에이지 폴더를 확인하자, 확실히 이상한 점은 없다.

본체 데이터가 10기가바이트 정도 차지하지만, 다른 건 기동 파일이나 설정 등이 상식적인 선으로 들어 있을 뿐이다.

스크린샷 폴더도 기껏해야 180메가바이트 정도고—.

"잠깐. 지금 뭔가 이상했어."

"어, 스샷 말이야? 스크린샷이 들어 있을 뿐이잖아."

"아니, 용량이 왠지……."

다시 한번 스크린샷 폴더를 살폈다.

확실히 180이라고 적혀있다. 이게 180메가바이트라면 문제없다.

하지만 잘 보니, 메가가 아니다. 이거, 단위가 다르잖아.

"스크린샷 폴더, 180기가를 쓰고 있어."

"……뭐?"

"이거 보라고."

메가바이트라고 생각해서 무시할 뻔했지만, 아니었다.

정확한 사이즈는 180.6GB(180,622,336바이트).

설마 하던 180기가바이트다. 얼마나 써야 이렇게 되는 거야?

"슈바인의 멋진 모습은 언제나 스샷으로 찍는다고 했었지

만……. 그렇다고 몇 장을 보존한 거냐고…….″

"화, 확실히 자주 찍긴 하지만! 그렇게나?!"

세가와는 황급히 스샷 폴더를 더블클릭했다.

가가가가각, 하는 격렬한 처리음을 내며 표시된 내용은 화면을 가득 메운 스크린샷의 바다였다.

"뭐야, 이거…… 셀 수 없을 만큼 있잖아…….″

"매일 찍으면 이렇게 되지."

"그렇다고 해도, 이건 지나치잖아…….″

게다가 LA의 스크린샷은 비트맵 파일이었나?

스크린샷 하나에 10메가바이트 이상이다.

"한 장에 10메가바이트라면, 2만 장에 가까운 건가……. 굉장하네."

"이제 곧 온라인 게임 시작한 지 2년 정도가 되잖아. 하루 30장 정도 찍은 게 아닐까?"

"……이런, 그렇게 말하니까 대단하지 않은 것 같아."

세가와가 레전더리 에이지를 시작한 지 약 700일 정도.

그러면 하루 30장 찍기만 해도 2만 장을 넘는 거다.

"이제 폴더가 무겁다기보다는 쌓아온 세월이 무거운 기분이 들고 있어."

"원인은 추억이 너무 무겁기 때문, 인가."

둘이서 뭔가 감상에 젖어 말하고는 한숨을 내쉬었다.

그나저나 이거, 지워서 끝내는 건 싫단 말이지.

"어떻게 하지? 필요 없는 스샷을 닥치는 대로 지울까?"

"전부 소중한 추억이잖아. 필요 없는 건 하나도 없어."

"하지만 세가와. 이대로는 바하무트도 낫지 않잖아."

불필요한 스샷도 있지 않을까?

대단한 것 없는 장면이라든가……. 오, 꽤 많잖아.

"이건 작년 가을 스샷인데, 모두 함께 앉아있을 뿐이잖아. 필요 없는 거 아냐?"

"응~? ……아아, 이거 말이네. 그건 지우면 안 되지."

"어째서야? 슈바인 님의 멋진 장면은 아니잖아."

"슈바인 님은 아무것도 하지 않았지만, 이건 채팅이 중요하다고."

채팅?

이거, 그렇게 특별한 채팅이었나?

스샷 안에서 우리가 이야기하는 내용은……

◆슈바인 : 역시 내신 점수 같은 영문 모를 시스템이 영향을 주지 않는 만큼, 대학 수험이 낫잖아.

◆루시안 : 학력 승부도 역시 힘들다고 생각하는데.

◆애플리코트 : 평소 행실이 전부라고 말할 생각은 전혀 없지만, 그것도 일부 포함한 심사가 이루어지는 것을 반대할 생각은 안 드는군.

◆세테 : ……저기, 아코가 아까부터 조용한데.

◆슈바인 : 그러고 보니.

◆루시안 : 아코~? 왜 그래, 졸리냐~?

◆아코 : ……네. 여러분이 제가 싫어하는 화제를 끝낼 때까지 20분 걸렸어요.

◆슈바인 : 전교 집회에 나선 교장 같은 말을 하지 말라고ㅋㅋㅋ

◆루시안 : 시간 재고 있었던 거냐ㅋㅋ

응. 딱히 아무런 특징도 없는, 여느 때의 채팅이네.

"왜 이 채팅 때문에 지우면 안 되는 건데?"

"여기 아코가 한 말이 웃음보에 직격했거든. 한 5분 정도 웃었으니까."

"그런 이유였냐!"

채팅이 조금 재미있었다는, 그 이유만으로 보존하고 싶은 거냐!

그렇게 치면 하루 30장은 찍겠지!

"그런 기준으로 스샷을 찍으니까 끝이 없는 거 아냐."

"그래도, 다시 보면 떠오르잖아? 이거, 여름방학 때 마스터가 하기 강습에 나간다고 했을 때 채팅이야. 게다가 교장 선생님 화제도 길드에서 조금 붐이었고."

"그랬던 것 같기도 하지만."

"이런 일도 있었지~, 하고 떠올리는 게 중요한 거야."

확실히 그리운 기분은 든다.

이 스샷이 남아있지 않았다면 전혀 떠올리지 못했던 대화니까.

"우리가 길드를 만들기 전의 스샷도 남아있으니까, 언젠가 돌이켜보면 재미있을 거야. 분명히."

"솔로 시절인가……. 그런 시대도 있었지……. 지금 있는 모두와 생판 모르는 타인이었던 시기가 있었다니, 믿을 수 없을 정도야."

"그렇지? 추억도 어느 정도 형태로 놔두지 않으면 잊어버리는 법이야. 그래서 내가 보존하고 있는 거지."

"그렇게 말하니 고마운 기분도 드네."

"후후후. 모두의 추억은 내가 맡아놨어!"

"갑자기 강력한 악역 같은 분위기 내지 말아 줄래?"

그렇게 말해버리면 지우는 게 아까워진다.

……하지만 용량이 부족한 것도 사실이고.

"그럼 어쩔 거야? 전부 D드라이브에 넣으면 문제는 해결되지만, 대신 그쪽이 메워지는데."

"어쩔 수 없는 희생이야. D드라이브는 나의 스샷 보존용으로 살아줘야겠어."

세가와는 그렇게 말하면서 D드라이브에 스크린샷을 전송하기 시작했다.

답례 선물은 외장형 HDD가 더 나았을지도 모르겠다.

그리고 대량의 사진 데이터를 전송하는 데 걸리는 시간은……우와아. 두 시간 이상이다.

"끝나는 걸 기다리다가는 다른 사람에게 답례를 주지 못하게 되겠네."

"다른 애들한테도 답례 전해주러 가려고?"

"그럴 예정이야. 하지만 지금 시간에 확실하게 깨어 있을 사람은……."

"뭐, 마스터겠지."

그렇겠지.

이제 이른 아침이라는 시간은 아니지만, 아직은 오전이다.

이 시간부터 확실하게 활동하는 건 생활 리듬이 멀쩡한 마스터겠지.

아코는 아직 자고 있을 거고, 아키야마는……. 그 사람은 어떨까. 은근히 아침까지 온라인 게임을 하기도 하던데.

"아키야마는, 어떤 생활 리듬으로 움직이는 거지?"

"본인한테 물어봐……. 뭐, 수면 저장형 쇼트 슬리퍼, 같은 느낌일까?"

"잘 모르겠으니까 자세한 설명 플리즈."

"평일에는 두세 시간 정도 자도 문제없는 쇼트 슬리퍼지만, 쉬는 날은 죽은 것처럼 잘 수도 있어."

"건강에 안 좋아 보이는 그 생활은 뭐야!"

"수명이 줄어드니까 그만두라고 말했는데, 나나코는 태연하더라니까~."

학교에서는 그렇게나 기운찬데, 선잠 정도밖에 안 자는 건가.

나 같은, 제대로 자지 않으면 학교에서 죽는 타입은 상상도 할 수 없다.

"그럼 오늘도 죽을 만큼 잘 가능성도 있는 건가……."

"그래도 수면이 얕고 가볍게 일어나니까, 연락하면 바로 일어날걸?"

"무서워서 연락할 수 없어!"

오랜만에 푹 자는 타이밍이었다면 어쩔 거야?

좋아. 아키야마는 뒤로 미루자. 죽을 만큼 자더라도 저녁에는 일어나겠지.

"일단 마스터에게 연락해볼게."

"쉬는 날에 연락하면 일단 기뻐할걸, 마스터는."

"이쪽은 연락하는 게 마음 편하다니까."

스마트폰을 톡톡 두드려서 마스터에게 메시지를 보냈다.

【니시무라】 마스터, 일어났어?

【애플리코트】 물론이다. 뭔가 용건이 있나?

우와, 깜짝 놀랐다!

송신하고 나서 답신이 올 때까지 10초도 안 걸렸어. 반대로 무섭다고!

"순식간에 대답이 왔네……."

"대개 그런 식이야."

휴일에 마스터와 외출도 하는 모양인 세가와는 은근히 태연해 보였다.

이게 정상 운전인 건가, 마스터…….

일단 오늘 예정을 물어보자.

【니시무라】 마스터, 오늘 잠깐 만나고 싶은데, 시간 있어?

【애플리코트】 전에 말했던 건이군.

【애플리코트】 게임 안이라면 언제든 상관없지만, 바깥에서냐?

【니시무라】 응. 바깥.

【애플리코트】 그런가……. 그렇다면.

아까까지 굉장한 속도로 오던 메시지가 거기서 멈췄다.

조금 망설여지는 시간 뒤에 돌아온 것은.

【애플리코트】 그렇다면 오늘은 우리 집에 오지 않겠나?

그런 내용이었다.

"……과연. 다음에는 마스터네 집 방문 퀘스트인가……."

"마스터네 집에 가려고?"

"응. 세가와는 가본 적 있잖아? 어떤 집이야?"

"어, 뭐어……. 그, 힘내."

"무슨 응원인데?!"

집에 놀러 갈 뿐인데 뭐가 있는 거냐고!

조금 무서워졌잖아.

"애초에 여기선 꽤 거리가 있거든? 시간 걸리지 않을까?"

"켁. 그건 좀 곤란한데……."

오늘 하루 안에 전원에게 답례를 전해줘야 하는데 말이지.

"물어볼까……. 너무 멀면 곤란하지만, 장소는 어디?"

그 메시지에 대한 대답은 이랬다.

【애플리코트】걱정할 것 없다. 오늘은 역 앞에 있는 별가에 있으니, 그리 시간은 걸리지 않겠지.

"……별가라니, 뭔데?"

"생각하고 싶지도 않아……."

바하무트의 메모리 증설 자금을 모을 정도로 서민파인 세가와는 차원이 다른 생활 방식에 그녀는 머리를 감싸 쥐었다.

솔직히 나도 머리가 아프다.

"……어, 세가와도 같이 오지 않을래?"

"내가 가서 어쩌잔 거야. 혼자 노력해봐."

"그래야겠지……."

마스터네 집 방문 퀘스트, 외전.

어려운 던전에 가야 할 때와 비슷한 느낌이 조금 들었다.

On—Game Heroine Collection **Online**

from Lv.4

막간
“슈바인 님의 이세계 전생이야!”
And you thought there is Never a girl online?

"안뇽~."

"응."

내 가벼운 인사를 듣자, 세가와는 빨대를 문 채로 대답했다. 여느 때처럼 트윈테일이 쫑긋 흔들린다.

"정말로 왔네. 직접 올 것 없이 겸사겸사 줘도 되는데."

"나는 답례를 겸사겸사 주는 건 안 된다는 것을 작년에 배웠단 말입니다."

저지른 짓이 많은 인생이지만, 실패에서 조금은 배울 수도 있다.

점심 시간대가 지난 찻집은 역 앞인 것치고는 비어있었고, 다른 손님은 가게 반대편에 있는 한 쌍뿐이었다.

세가와 맞은편에 앉아서 적당히 홍차를 시켰다.

이제 봄방학에 돌입했기에 세가와도 사복이다. 조금 보이시한 의상이라, 같이 있어도 신경 쓰지 않아도 되는 느낌이라 고마웠다.

그렇게 그녀에게 시선을 보내자, 머리카락을 슬쩍 매만지는 게 신경 쓰였다.

머리 모양은 평소와 같은 트윈테일이지만, 그 뿌리 쪽을 묶어두고 있는 헤어 고무는―.

"……어라? 머리를 묶고 있는 그건……."

"겨우 눈치챘네. 작년에 네가 준 헤어 고무야."

세가와는 씨익 웃으면서 보여주려는 듯 얼굴을 내밀며 말했다.

"어때? 안 어울리지!"

왜 기쁜 듯이 말하는데?!

아니, 어울리거든! 귀여운 느낌의 헤어 고무도 나쁘지 않잖아!

"그렇지 않다고! 귀여워서 좋잖아!"

"뭐야, 자화자찬? 자기 센스를 칭찬하는 거야?"

"이건 타찬이라고!"

"네 앞에서는 하지 않았지만, 실은 밖에 나갈 용건이 없을 때는 몰래 쓰곤 했거든."

"그만둬, 왠지 쑥스러워! 기쁘지만 부끄러워!"

평소에 쓰는 물건을 선물한 거니까, 오기 전에 각오를 다 졌어야 했다!

"하, 하지만 걱정할 것 없어. 올해는 과자밖에 준비하지 못했으니까. 그런고로, 화이트데이 답례입니다. 받아주시죠."

"오냐."

세가와는 거만하게 받았다.

그리고 상자를 살짝 열더니 흥미진진하게 안을 들여다봤다.

"이거 뭐야? 케이크?"

"레어 치즈 케이크. 럼레이즌을 곁들였어."

"레어 치즈……. 어, 설마…… 네가 만들었어……?"

"어라, 별로야?"

치즈 싫어했던가? 그렇지는 않았을 텐데.

타인이 직접 만든 걸 못 먹는 타입도 전혀 아니었고.

그런 의문을 품고 묻자, 세가와는 약간 얼굴을 새파랗게 물들였다.

"그렇지만 레어라는 건 날것에 가깝게 구웠다는 거잖아? 네가 만든 레어 식품이라니, 그냥 무서운데."

"그런 의미가 아닙니다! 애초에 굽지 않았어. 섞어서 식혔을 뿐이거든?!"

레어라고 해서 뭐든 반쯤 날것이라고 생각하지 말라고!

일반적인 케이크는 오븐 공정이 있으니까 어렵지만, 섞어서 식히기만 하는 레어 치즈 케이크는 오히려 편하다.

그래도 한 번에 성공하지는 않았던 것이 나의 부족함을 잘 드러내고 있다.

그렇게 설명하자, 세가와는 후우, 하고 케이크가 든 봉투를 내려놨다.

"그, 그렇지? 레어 치즈니까. 아니, 알고는 있었어. 근데 네 입에서 나오니까 다른 개념으로 들린다고, 할까?"

"시끄러워, 이 여성스러움 상실녀야."

"아니거든! 레어 치즈 케이크 정도는 알고 있었거든!"

그야 알고는 있었겠지!

내가 레어라고 말하니까 조건 반사로 불안해하는 건 그만 뒤줬으면 좋겠다!

"아무튼, 걱정할 것 없어. 뭐, 맛은 편의점에서 사는 게 더 맛있겠지."

"사실이더라도 굳이 말하지 않아도 되는데."

편의점 간식은 정말 맛있으니까, 비교당해도 어쩔 수 없다고.

"그럼 안심하고 받아 갈게. 고마워."

"가져가 주시죠."

좋아좋아. 답례 세 명째, 완료.

목적은 달성. 할 일은 끝났다.

그럼 해산, 이라고 말해도 되겠지만.

"……이봐, 세가와."

"응?"

나는 조금 자세를 고쳐서 세가와에게 말을 걸었다.

"실은 이렇게 얼굴을 마주하게 된 건, 잠깐 묻고 싶은 게 있었기 때문이야."

"……뭐?"

내가 나름대로 진지하게 말하자, 세가와는 눈을 동그랗게 떴다.

"왜 그래, 진지한 표정으로? 뭔가 말하지 않은 게 있었어?"

최근에는 매일 밤 이야기하고 있는데, 그런 게 있어?

세가와는 그렇게 물었다.

그렇지. 이야기는 했지만, 그래도, 있단 말이죠.

"그게 말이죠."

묻기 힘든 것도 아니건만, 조금 마음에 걸리는 내용이기는 했다.

나는 어흠, 헛기침하며 물었다.

"LA가 종료한다는 발표가 나오고 나서, 저기…… 괜찮아?"

"괜찮냐니…… 구체적으로 어떻다는 거야?"

구체적이라고 하면 심각함이 늘어나는데— 그래도 알기 쉽게 말하자면.

"몸과 마음에, 뭔가 이변이 일어나지 않았나 해서."

"그 시리어스한 질문은 뭔데?! 진심으로 묻는 거야?!"

그걸 들은 세가와는 무척 놀란 기색이었다.

딱히 농담으로 하는 말이 아니라, 이걸 묻고 싶었단 말이지. 진심으로.

솔직히 그 이야기를 위해 여기에 왔을 정도다.

"무, 무슨 걱정이야? 온라인 게임 종료는 몸에 영향이 나올 정도야?"

"그런 의문이 나온다는 건, 아무 일도 일어나지 않았어?"

"감기도 독감도 아무것도 없어. 오히려 몸은 좋을 정도야."

"그런가, 그렇구나. 없나. 없으면 좋은 거지. 음."

그래그래. 잘 됐네, 잘 됐어.

내가 안심하자, 세가와는 오히려 의아한 표정이었다.

"……뭔가 이상 증상이 일어난 사람이 있다는 거야?"

"아, 있지. 정말 좋아하던 게임이 갑자기 끝났다는 쇼크로 두근거림이나 헐떡임, 현기증이나 두통, 불면 혹은 과면에 과식 혹은 거식 등의 증상이 많이 보고되고 있어."

"아아……. 그런 건가."

세가와는 후우, 하고 숨을 내쉬면서 고개를 강하게 끄덕였다.

"마음은 이해해. 게임이 아니더라도 인기 많던 만화가 끝나거나, 영화 시리즈가 완결되면 몸이 안 좋아진다는 말 자주 들기도 하니까."

"그렇다니까. 꽤 많이 있어."

줄곧 해오던 온라인 게임이 끝난다는 정신적인 쇼크로 몸이 안 좋아지는 플레이어가 SNS에서 많이 보였다.

그 정도까지는 아니더라도 쇼크가 심해서 일상생활을 보내기 힘들다거나, 그런 영향은 폭넓게 보인다고 한다.

그만큼 인간의 마음과 몸은 섬세한 거다.

약간의 변화도 커다란 영향을 미치는데, 몇 년이나 해오던 게임이 끝난다면 그야 아무 일도 일어나지 않을 리가 없지.

"참고로 아코는 자칫하면 기억을 잃거나, 움직이지 못하게 되거나, 그 정도의 증상을 각오했었어."

"그런 일은 하나도 일어나지 않았고, 지금 걔 엄청 팔팔하잖아."

"본인이 제일 신경 쓰고 있으니까 이 주제는 그만두자."

그 이야기는 넘어가고.

"아코의 상태는 평소대로지만……. 요즘 좀 바빠서 차분하게 이야기할 시간도 없었으니까, 좋은 기회가 왔으니 물어보려고 해서."

"변함없이 이상한 부분에서 오지랖을 부리네."

"섭마와 부부장을 겸임하고 있으니 어쩔 수 없지."

길원, 부원의 건강 관리는 내가 할 일이나 마찬가지다.

평소에 얼굴을 보고 있으니까 그렇게까지 위험한 일은 일어나지 않겠지만.

그래도 뭔가 숨기고 있지 않은지 역시 걱정이 된다.

"그래서, 어때? 건강하게 하고 있어?"

"흐흥. 나한테 눈길을 돌린 너의 센스, 꽤 나쁘지 않아."

뭔가 칭찬하듯이 말한 세가와는 여유로운 동작으로 머리를 슬쩍 넘겼다.

그리고 진지한 표정으로 중얼거렸다.

"까놓고 말해서 꽤 위험했어."

"그렇겠죠~!"

그럴 것 같더라!

아코 다음으로 위험한 건 세가와겠지!

"역시 쇼크가 큰가?"

"그야 그렇지. 나는 다른 게임도 안 했고, 캐릭터도 슈바인 님 외길이었으니까."

세가와는 다른 게임에 손대지 않았고, 이러니저러니 해도 캐릭터 사랑도 강하다.

아코처럼 동일시하는 게 아니라, 자신이 밀고 있는 캐릭터로서 슈바인을 사랑하며 플레이하고 있던 거다.

그야 쇼크겠지.

"이야~, 힘들더라. 줄곧 해오던 게임이 끝난다거나, 친구와 헤어져야 한다거나, 그런 알기 쉬운 이유가 아니라 그 세계에서 모험하던 슈바인 님의 이야기가 여기서 끝난다는 게 마음이 아팠어."

"이해해. 계속 이어갈 생각이었을 테니까."

"밤중에 혼자 스샷을 정리하면서 혼자 울기도 했거든."

"에에에엑?!"

밤중에 혼자 울다니, 엄청 몰려있었잖아!

나는 어떻게 위로해줘야 할지 몰라서 당황했지만…….

"그러다가 저도 모르게 떨쳐내서, 밤중에 크게 웃었지 뭐야."

"딱히 웃을 일도 아니잖아?!"

세가와 본인은 전혀 신경 쓰지 않고 있잖아!

추억의 스샷을 보고 우는 건 딱히 평범하잖아! 왜 웃는 거야?!

"그야 밤중에 온라인 게임 스샷을 돌아보면서 울적해져서 운 거잖아? 그런 스스로를 보니 웃음이 절로 나오더라."

"아니, 절대 그렇지는……."

"그럼 만약에, 네가 똑같은 상태가 되면 어쩔 건데? 밤중에 스샷을 보고 혼자 펑펑 운다면 말이야."

"엄청 울면서 웃을 거야."

"그렇지! 그렇잖아!"

이해해! 그야 그렇지!

난 대체 왜 울고 있는 거야ㅋㅋㅋ 이렇게 되겠지!

"그만큼 슈바인이 소중한 캐릭터였다는 거잖아. 우는 것도, 반대로 웃는 것도 나쁜 일은 아니야."

"뭐, 그렇지. 내 생애의 최애 캐릭터였으니까. ……그래도."

그런 한마디를 남긴 세가와는 뭔가 고민하듯 입을 다물었다.

다음 말을 잠시 기다렸다. 그러자 그녀는 천천히 쥐어짜듯이 말했다.

"있잖아. 나는 아코처럼, 자신과 캐릭터가 똑같다는 생각은 전혀 하지 않고 있었어."

"성별부터 다르니까."

알맹이는 비슷하다고 생각하지만, 세가와 본인은 그다지 인정하지 않기도 하고.

그러나 오늘의 세가와는 솔직하게 말했다.

"그래도 지금에 와서는, 역시 내가 슈바인 님이었다고 생각하기도 해."

세가와가 컵을 콕 찌르자, 얼음이 딸랑 소리를 내며 갈라졌다.

"스샷을 정리하다가 떠올렸어. 이건 염멸의 마굴을 처음으로 클리어했을 때, 이건 가을 이벤트에서 메가 펌프킨을 토벌했을 때, 같은 거."

"......응."

"전부 슈바인 님의 모험인 거야. 기록들이 남아있었어."

그녀는 그래도, 하고 한숨을 내쉬었다.

"그건 내 추억이기도 했어. 즐거웠던 것, 힘들었던 것...... 나의 기억이 되살아나는 거야."

조작하던 건 세가와니까 당연한 거다— 이런 건 물론 알고 있겠지.

그녀는 어딘가 쑥스러운 듯 말을 이었다.

"슈바인 님의 모든 것에 내가 있는 거야. 내가 만든, 나의 캐릭터인 거야."

"응응. 그렇겠지."

루시안도 그렇다. 게임에서 조작하는 캐릭터에 불과하지만, 그 안에는 언제나 내가 있고, 루시안의 행동은 언제나 나의 의지였다.

그리고 나를 뛰어넘을 만큼 성장해서, 언젠가 이렇게 되고 싶다고 생각하는 자신이 되었다.

"다시 말해서, 그게, 말이지? 아코와는 다른 의미지만, 역시 슈바인 님은 나였다고 새삼 느끼게 된 거야."

"그렇구나……."

슈바인이라는, 자신이 좋아하는 캐릭터의 롤 플레잉을 했던 거다.

그러나, 그렇게 놀던 자신이 계속 거기에 있었다는 걸 새삼 느낀 거겠지.

"그렇게 생각하니, 더더욱 슬프네."

나는 조금 울적해졌지만.

"반대야, 반대!"

"반대?! 뭐가?!"

어라, 왠지 기운찬데!

세가와는 오히려 들뜬 목소리로 말했다.

"내가 슈바인 님이고, 슈바인 님이 나인 거야. 내가 있는 한 슈바인 님의 전설은 끝나지 않아."

"으, 으으음. 다시 말해서……?"

"내가 다른 세계에서 슈바인 님을 만들면, 나의 모험은 다시 시작되는 거지! 슈바인 님의 이세계 전생이야!"

세가와는 활기차게, 정말로 즐거운 듯 말했다.

이, 이 녀석! 슈바인 님의 다음 모험을 이미 기대하고 있어!

"아……. 그렇구나……. 그렇군요……."

"딱히 트럭에 치인 건 아니지만, 게임이 섭종하는 순간 전생하는 것도 정석이니까 이건 OK겠지!"

"모처럼 노 리액션으로 흘려버렸는데, 그걸 다시 언급하지 말아 줄래?!"

이미 정석이 아닌 전생 방법이란 게 없을 만큼 다양하니까, 그건 아무래도 좋아!

"그럼 세가와는, LA에서 할 만큼 하면 다른 세계에서 슈바인의 모험을 계속하려는 거구나."

"맞아. 내가 있는 한 슈바인 님은 불멸이야. 슬퍼할 필요는 없어."

슬퍼할 필요는 없다. 그 말대로 웃은 세가와는 장난기 어린 눈으로 나를 바라봤다.

"게다가, 다음 모험에도 믿음직한 파트너가 따라와 줄 거잖아?"

"……당연하잖아. 믿음직한 동료도 말이지."

"그거라면 괜찮아. 나와 슈바인 님의 모험은 이제 막 시작되었을 뿐이니까."

"연재 중단 작품의 결말 같은 소리를!"

농담처럼 말하면서도, 정말로 그녀는 걱정할 필요가 없어 보였다.

다행이다. 세가와는 꽤 신경 쓰였으니까 안심했어.

"그러니까 나는 괜찮아. 너는 아코에 대해서라도 생각하고 있어."

"그건 언제나 생각하고 있으니까."

"이제 쑥스러워하지도 않고 말하네……."

이제 와서 아코 일로 쑥스러워하는 귀여운 구석이 있다고 생각하지 말았으면 좋겠네.

"아, 이야기가 길어졌는데 괜찮아? 오늘 모두한테 건네주러 가야 하잖아?"

"그러고 보니 이제 곧 마스터와 약속한 시간이네."

"기다리게 하면 안 되잖아. 빨리 가봐."

"그래, 고마워. 먼저 갈게."

홍차값을 테이블에 놓고는 봉투를 들고 일어났다.

「그럼」 하고 떨어지려던 내 등에 대고 세가와가 잘 울리는 목소리로 내 캐릭터명을 불렀다.

"루시안! 마지막까지 달려나가자! 따라오라고!"

"……너야말로 따라와!"

강한 어조로 말하는 그녀에게 나도 대답해줬다.

멀리 있는 자리의 손님이 의아한 듯이 이쪽을 보고 있지만, 신경 쓰지 않고 서로 웃으면서 가게를 나왔다.

세가와가 설마 현실에서 이런 분위기 타는 짓을 하다니……. 그런 생각을 하면서 가게 앞을 지나가던 때, 나는 보고 말았다.

유리 너머에서 보인 세가와는, 뺨을 새빨갛게 물들인 채 얼굴을 가리고 있었다.

분위기 타서 그런 말을 해버린 저 녀석은, 정말로 좋은 동료다.

화이트데이 대 연속 퀘스트 Lv. 3

"이거야 사랑……?!"

1년 전

And you thought there is Never a girl online?

열두 시에 역 앞에서.

마스터와 그렇게 약속했건만, 시간이 되었는데도 그녀는 아직 오지 않았다.

"지각이라니, 마스터답지 않네……."

여느 때라면 몇 분 전에 누구보다도 먼저 오는 게 마스터다.

안 온다는 건, 혹시 이 역이 아니라 마에가사키 역이었나?

하지만 세가와네 집 쪽의 이쪽 역이라고 확인했었는데.

그렇다면 평범하게 지각? 아니면 사건이나 사고? 찾으러 가는 게 나을까?

그렇게 생각하고 있자니, 눈앞 로터리에 차 한 대가 멈췄다.

차종 같은 건 모르지만 비싸 보여서 한눈에 알 수 있는, 그런 차다.

"……혹시."

바라보는 내 앞에서 차의 문이 열렸다.

그리고 흑발을 휘날리는 장신의 여성이 화려하게 내려섰다.

"미안하다. 길이 혼잡해서 말이지. 조금 늦고 말았다."

"역시 마스터였나. 딱히 늦었다고 할 정도는 아니야."

급하게 예정을 비워달라고 한 건 이쪽이니까 사과해야 할 건 나다.

"그보다, 운전해서 왔네."

"역 앞이라고 말했지만, 차로 5분 정도는 걸리니까. 마중 나오는 게 좋겠다고 생각해서 말이지."

"걸어서 갈 수 있는 거리잖아……."

틀림없이 역 앞의 범주긴 한데.

운동부처럼 체력이 있는 건 아니니까 데려가 준다면 고맙긴 하지만.

"그럼 타라."

"예이예이."

마스터의 재촉을 받아 뒷좌석으로 들어갔다.

우와…… 승차감이 굉장하다.

"안녕하세요."

"아, 안녕하세요. 실례합니다."

운전사 같은 분위기의 아저씨가 데리러 온 줄 알았는데, 의외로 정장을 입은 여성이 운전석에 있었다. 그야 그런가. 마스터가 남자와 둘이서 차라니, 조금 미묘하긴 하지.

"운전을 부탁한 건 집안일을 도와주는 시노하라. 이쪽은 친구인 니시무라다."

"잘 부탁합니다."

내가 고개를 숙이자, 정장 입은 시노하라 씨가 쿨하게 말했다.

"······시노하라입니다. 니시무라 님의 이야기는 많이 들었습니다."

"무슨 이야기를 들으신 걸까요?!"

누님과는 초대면일 텐데요!

"마스터, 내 뒷담 같은 걸 했었어?!"

"아, 아니. 그런 건 아닌데······. 친구가 적은 내가 학교 이야기를 하면 필연적으로 너의 화제도 나와서 말이지······."

"큭, 질책할 수 없어······."

곤란한 듯 말하는 마스터와, 괴로워하는 나.

그런 두 사람을 룸미러로 바라보던 시노하라 씨가 웃었다.

"듣던 대로, 사이가 좋으시군요."

"당연하지."

"여기서 가슴을 펴는 게 굉장하네······."

세가와라면 쑥스러워하며 부정할 거고, 나도 부끄러운데.

"그럼 가다오."

"네. 출발하겠습니다. 죄송하지만 벨트를 착용해 주세요."

"아, 네."

안전벨트를 착용하자, 차는 스르륵 앞으로 나아갔다.

거의 소리가 나지 않고, 흔들림도 없다. 이 차는 대체 뭐야?

"잘 모르겠지만, 좋은 차네~."

"음. 나도 잘은 모르지만 좋은 차다."

"모르는 거냐고."

"차종이나 가격, 성능 정도는 알지만……."

"충분하지 않나?"

"이 차가 만들어진 이념, 디자인한 자의 신념 등등, 모르는 건 많이 있지."

거기까지 알 필요는 없을 텐데.

마스터의 마음속에서는 바로 보이는 스펙보다도 중요한 게 있는 걸지도 모르겠지만.

"으음~. 나도 언젠가 차 같은 게 필요해질 텐데, 이건 무리겠네."

"뭐야. 자동차에 흥미가 있는 거냐? 역시 남자라는 건가."

"차에 흥미가 있는 건 아니지만, 장래에는 역시 필요하잖아."

"어째서냐?"

마스터가 의아한 듯 말했다.

"마에가사키에서 평범하게 생활한다면 대중교통을 써도 곤란할 일은 적을 텐데. 자가용이 필요할 일도 없을 거다."

"……흐음."

듣고 보면 그렇다. 딱히 차 같은 건 필요 없다.

그렇다면, 왜 필요하다고 생각한 걸까?

장래에 내가 차를 몰 필요가 있다……? 장래…… 장래…….

"……아아……. 알았다……."

"어떤 이유냐?"

"상상했던 『장래』에, 당연한 듯이 아코가 있기 때문이었어……."

"하하하. 과연. 네가 바라는 이상적인 남편상, 아버지상을 상상해서 차가 필요하다고 생각한 건가."

"나, 괜찮은 건가……."

아코에게 상당히 오염된 것 같은데.

아버지가 차로 어딘가에 데려다주던 건 어린 시절밖에 없었지만, 역시 그런 이미지가 남아있어서— 아니, 잠깐만. 나는 딱히 남편도 아버지도 아니잖아.

"일반적인 남자 고등학생은 장래의 가정상 같은 건 생각하지 않잖아. 냉정해지자, 냉정해져."

"나는 장래의 일을 빈번하게 생각한다만."

"마스터는 그렇겠지!"

책임감 같은 게 무거워 보이니까!

이야기하는 사이 5분은 바로 지나갔다.

차는 잠시 달린 뒤에 역에서 그리 떨어지지 않은 어느 곳에서 속도를 줄이고는 천천히 주차장으로 들어갔다.

"좋아. 도착했다."

"……도착했어?"

어, 여기야?

번화가라고는 할 수 없지만, 그래도 가게가 많아서 전혀 주택가라는 느낌이 아니다.

차에서 밖으로 나왔지만, 역시 아파트 주차장이라는 느낌은 아니다.

뭐랄까, 가게 주차장 같은데.

"으음. 아파트라는 느낌은 아니네."

"음. 평범한 빌딩이다."

"엥? 그럼 설마, 빌딩에서 살고 있어? 이거 하나가 통째로 집?!"

그냥 봐도 커서, 높이도 6층 정도는 되는데!

내가 슬금슬금 물러나자, 마스터는 어이없다는 표정을 지었다.

"그럴 리가 있나. 위쪽 두 층을 개인 공간으로 쓰고 있을 뿐이고, 아래층은 임대로 내놨다. 친밀한 회사가 사무소로 쓰고 있지."

"……그, 그렇습니까."

빌딩을 통째로 소유하고 있다는 건 사실인가 보군요.

아니, 하지만 빌딩에서 살 수는 있나?

"간판도 뭣도 없는 수수께끼의 빌딩이 꽤 있는데, 이런 건가?"

"쓰는 방법은 자유지. 자주 있는 일이다."

"실례지만, 저도 특수한 사례라고 생각하는데요……."

그렇게 말하면서 앞을 걷는 시노하라 씨의 안내를 받아 엘리베이터를 탔다.

"아가씨. 위층이면 되겠습니까?"

"그래. 직접 내 방으로 가자."

"알겠습니다."

시노하라 씨는 엘리베이터 슬롯에 카드 키를 넣고는 6층 버튼을 눌렀다.

뭐지? 그걸 넣지 않으면 위까지 못 가는 건가?

이런 시스템이 게임 이외에도 존재했어?

"……호텔 등에서도, 스위트가 있는 구획은 엘리베이터에서 키가 필요한 경우가 많습니다."

"아, 그렇군요."

내 시선을 눈치챘는지, 시노하라 씨가 커버해주듯 말했다.

스위트와 똑같은 레벨인 시점에서 서민에게는 무섭습니다.

"참고로 상층이라는 건……?"

"최상층과 그 아래가 우리 집 공간인데, 아래가 내빈용 거실 공간이고 위에 개인 방이 있는 거다."

"……그렇구나. 그러고 보니 자택에 엘리베이터가 있다고 들었는데, 이런 의미였구나."

이런 보안이라면 5층에서 6층으로 이동할 때 빌딩의 계단을 쓰는 느낌은 아닐 테니까.

그렇게 생각하자, 마스터가 가볍게 고개를 가로저었다.

"아니, 본가에도 반입용 엘리베이터는 있다."

"그러니까 어떤 집인 거냐?!"

아코나 다른 애들은 한 번 놀러 갔다고 하던데, 대체 얼마나 큰 집인 거야.

내가 떠는 사이에 엘리베이터는 6층까지 올라갔다.

띵 하는 소리를 내며 문이 열리자, 그곳에는 평범한 집 같은 현관이 나왔다.

"이렇게 되어있는 건가……. 집 같네……."

"내 희망 사항이다. 신발을 신고 있는 편이 간단하지만, 자택에서는 신발을 벗고 싶지 않나."

"응. 잘 알지."

슬리퍼로 갈아 신고 폭신폭신한 융단 바닥을 밟았다.

이 위에서 자도 될 만큼 잘 가라앉는다.

"그럼 나중에 차를 가져다드리겠습니다."

"부탁한다. 그럼 루시안, 이쪽이다."

고개를 숙인 시노하라 씨와 헤어지고 융단 바닥을 걸었다.

빌딩 자체가 어느 정도 크다는 거야 알고 있었지만, 안을 걸으니까 정말로 넓네.

이것 한 층만으로도 우리 집보다 크지 않을까?

10초 정도 걸어간 마스터는 조금 커다란 문 앞에서 발을 멈췄다.

"여기가 내 방이다. 자, 들어와라."

그렇게 말하며 문에 달린 기계에 카드를 댔다.

뿌~, 하는 전자음이 들리며 자물쇠가 열리는 소리가 났다.

와~오. 하이테크~.

온라인 게임의 신부는
여자아이가 아니라고 생각한 거야? 21
©Kineko Shibai 2020 Illustration：Hisasi
KADOKAWA CORPORATION
[NOT FOR SALE]

"실례합니다……. 우와아……."

"그 리액션은 뭐냐?"

"너무나도 예상대로여서."

마스터의 방은 쓸데없이 넓은 것치고는 고급스러움과 생활감이 양립된, 지내기 편한 공간이었다.

사적인 공간으로 보이는 곳에는 칸막이가 있어서 쉬는 공간과 그 이외를 나눈, 방인데도 집 같은 구조다.

내 방과는 비교도 되지 않을 만큼 고급스러운 분위기의 방이었다.

그런데도 방의 메인 공간은 컴퓨터 책상이 떡하니 놓여있고, 위에는 모니터가 두 대 나란히 올라가 있다.

아무리 봐도 안 어울리는데, 그게 마스터답다.

"이런 커다란 모니터를 두 대나 쓰고 있어?"

"물론이지. 본가는 이 정도가 아니라고?"

마스터는 흐응, 하고 콧김을 거칠게 뿜으며 말했다.

이곳은 이곳대로 마음에 드는 게임 공간이겠지만, 진짜 자택은 더 기합을 넣은 거겠지.

보고 싶기도 하고, 무섭기도 하다.

"컴퓨터용 책상도 좋은 걸 쓰고 있지만, 일단 저 소파에 앉아다오."

"옙."

테이블을 둘러싼 듯 놓여있는 소파에 앉았다.

우와아. 우리 거실 것보다 부드럽잖아. 뭔가 세계관이 이상해질 것 같다.

"마스터. 보통은 여기서 생활하는 거야?"

"학교는 여기서 다니는 게 가까우니까."

"그래서 돌아갈 때 세가와를 자주 바래다주는 거였구나."

"그녀의 집은 돌아가는 길에 있지. 아무런 문제도 없다."

"같은 역 앞이니까."

그 차로 바래다준다면 전철보다 편하니 부러울 정도다.

"물론 본가로 돌아가야만 하는 경우도 있긴 하지만."

"뭔가 이런저런 집안일이 있다거나?"

"기본적으로는 얼굴을 내비치고 인사하는 정도지만, 뭐 해둬서 손해 볼 일은 아니지."

"그런 겁니까."

"빈번하게 만나는 친척은 세뱃돈 액수가 많다는 것과 비슷한 이야기다."

간단히 말하지만, 그렇게 간단한 일인가?

그때, 똑똑 노크 소리가 들렸다.

"아가씨. 차를 가져왔습니다."

"음. 들어와라."

"실례합니다."

시노하라 씨의 목소리와 동시에 문이 열리면서 차가 올라간 카트가 드르륵 들어왔다.

이어서 모습을 드러낸 그녀는 아까까지의 정장과는 다른, 하얀색과 검은색의 모노톤에 긴 스커트라는 의상으로 갈아입고 있었다.

의상……아니, 이건…… 메이드복, 이라고……?!

"리얼 메이드……! 처음 봤어……!"

"……또인가."

감동하는 나와는 달리, 마스터는 이마를 눌렀다.

왜 그래? 메이드라고 메이드.

아니, 본인은 익숙한 건가.

"니시무라 님. 받으시죠."

"가, 감사합니다."

진짜 메이드가 급사를 해줘서 긴장하자, 시노하라 씨는 여유로운 미소를 지었다.

메이드 시노하라 씨가 놔둔 컵에는 진홍색 홍차가.

이것도 비싸겠지. 소중히 마시자.

"그럼 느긋하게 보내시길."

"음……. 미안하다……."

역시 마스터는 뭔가 씁쓸한 표정으로 배웅했다.

그나저나 굉장하네. 자택에 메이드가 있다니.

내가 만약 메이드를 두려고 한다면, 아코에게 부탁해서 입어달라고 할 수밖에 없다고.

……꽤 간단히 해줄 것 같지만. 그건 접어두고.

"이야~, 진짜 메이드라니 처음 봤어. 감동이네~."

"잠깐. 아니다. 그녀는 메이드 같은 게 아니야!"

내가 감동하자, 마스터는 강한 어조로 부정했다.

"어, 그래도 메이드복 입고 있었잖아."

"확실히 입고 있었지만, 아니다!"

"뭐가 아니라고 하는 거죠?"

"그녀는 부모님의 비서 같은 사람이다. 오늘은 이쪽에서 대기하고 있어서 운전을 부탁했을 뿐이고, 평소에는 정장을 입지."

"……그럼 왜 메이드복 같은 걸 입고 온 거야?"

"아마, 네가 놀라는 얼굴을 보기 위해서고…… 내가 어이 없어하면 만족하는 거겠지……."

마스터는 축 늘어져서 말했다.

요컨대 신세를 지고 있는 아가씨가 친구를 데려왔으니까, 조금 놀리기 위해 메이드복을 입고 차를 가져왔다 이건가.

"……사랑받고 있네, 마스터."

"어린 시절부터 신세를 지고 있다. 민폐 많은 언니 같은 셈이야."

"쿨하게 보이지만 장난기 많은 언니……."

내가 보면 근사하지만, 당하는 쪽인 마스터는 힘들겠지.

"그럼 메이드복은 평소에는 안 입고……. 아니, 잠깐만. 그건 이상하잖아?"

"뭐가 이상하다는 거냐."

"문화제 때는 집에서 메이드복 가져왔다고 했잖아."

"윽⋯⋯."

마스터는 끄윽, 하고 가슴을 눌렀다.

"그건 그게, 말이지. 확실히 본가는 크니까, 도우미를 부탁하는 사람은 있다. 어쩌면 하우스 메이드라고 말할 수도 있겠지."

"역시 메이드는 있었잖아!"

"아니다. 그쪽도 손님에게 실례되지 않는 복장이면 충분하다고 계약했다. 그랬는데, 예전에 이유가 있어서 메이드복을 준비한 뒤부터 손님이 없는 날에는 메이드복으로 일하게 되어서⋯⋯."

"완전히 메이드잖아."

"오히려 메이드라서 곤란해⋯⋯. 다들 손님이 올 때마다 일부러 정장으로 갈아입는단 말이다⋯⋯."

마스터는 피곤한 목소리로 말했다.

뭐, 손님 앞에서 코스프레 같은 메이드복을 입을 수도 없을 테니까, 필요한 날에는 멀쩡한 옷으로 갈아입는 건가.

뭔가 그거, 메이드복으로 갈아입을 필요 있나?

"솔직히 말해서, 이미 그녀들의 취미 영역이지."

"부모님은 왜 화내지 않는데?"

"재미있으니까 괜찮겠지, 라고 하시더군."

"마스터의 부모님이네."

"본의는 아니야."

마스터는 우우, 하고 뺨을 부풀렸다.

그런 그녀의 모습이 연하처럼 보여서 조금 귀엽다.

"그래도 왠지 안심했어. 친구가 없다고 말했었는데, 주변에 좋은 사람이 있네."

"그래. 친구라고 하기에는 조금 다르지만, 뒷받침해주는 어른은 있지."

마스터도 웃으며 대답했다.

그렇지. 제대로 된 사람에게 귀여움을 받으며 자라지 않았다면, 이렇게 올곧은 사람이 될 수 없었겠지.

"반대로 나는, 온라인 게임이 아니었다면 마스터와 전혀 접점이 없었을 정도니까."

"그렇지는 않지. 같은 학교 학생이잖나."

"그래도 현실에서의 레벨이 다르니까 말이지."

게임에서 오랫동안 만났었으니까 이렇게 평범하게 이야기하고 있지만, 현실에서 초대면이었다면 긴장해서 홍차 같은 게 목구멍을 넘어가지도 않았을 거다.

"그런 의미에서 온라인 게임은 대단하지."

"오히려 나 같은 건 비교도 안 되는, 터무니없는 부자가 있어도 이상하지 않겠지."

"그러고 보니 대전 게임에서 친구가 된 외국인이 석유왕이었다는 이야기, 들은 적 있네."

"무서운 이야기야……. 나도 석유왕의 저택에 방문하는 건 거북한데……."

"내가 방금 그런 기분이었어."

"그건 실례했군."

"정말이라니까. 좀 더 서민적인 집도 준비해줘."

"음. 부모님과 상담해보지."

"미안, 그만둬."

"하하하. 농담이다, 농담."

이런 생활 환경의 차이도 농담으로 웃어넘길 수 있다.

……그렇지. 긴장한다거나 거북하다거나 말해도, 그건 그 거라고 흘려버릴 수 있기에 친구인 거다.

이야기를 나누면서 나도 홍차를 입에 넣었다.

응. 맛있네.

"맛있지만, 맛있다는 것 이상은 모르겠어……."

"그거면 된 거다. 맛있기만 하면 시노하라도 기뻐하겠지."

"그럼 좋겠지만."

이크. 무심코 이야기에 빠져버렸네.

제대로 감사를 표하고, 답례 선물을 줘야지.

"그럼 본론인데."

"음."

"어어…… 밸런타인데이 때, 마스터한테 초코를 받았었잖아."

"그랬지."

"그리고, 오늘은 저기, 화이트데이잖아. 그래서, 답례 선물을⋯⋯."

가방에서 꺼낸 쿠키 봉지, 그리고 이쪽은 봉지에 매달아 둔 커다란 상자를 테이블에 놓았다.

"초콜릿 고마웠어. 앞으로도 잘 부탁해⋯⋯. 그러니까, 시시한 물건이지만 받아주세요."

"이건⋯⋯. 바, 받아도 되는 거냐."

"물론. 답례 선물이니까."

그렇게 송구스러운 물건도 아니고.

"쿠키는 내가 구웠으니까, 입에 맞을지는 모르겠지만."

"뭣⋯⋯. 직접 만들었다고⋯⋯?!"

마스터가 전율한 표정으로 말했다.

난 그렇게 요리를 못하는 이미지였나?!

"나도 아직 성공하지 못했는데⋯⋯."

"⋯⋯그건 노력해줘."

은근히 힘들었으니까, 마음은 이해합니다.

"그러면, 이쪽은?"

"쿠키만이면 좀 그러니까, 소정의 선물을."

"선물, 이라고? 열어봐도 될까?"

"물론이지."

마스터는 활기차게 선물 상자를 열었다.

안에는— 그녀를 빤히 바라보는, 한 마리 돼지가 있었다.

"……슈바인인가?"

"아니야. 틀리지는 않았지만, 아니야."

정확하게는 돼지형 물건이다.

돼지이기는 해도 슈바인은 아닙니다.

"이쪽을 봐주십시오. 안에 균열이 있잖아?"

"음."

"놀랍게도 이 돼지, 여기에 돈을 넣을 수가 있어."

"……저금통인가."

"맞아. 바로 그거야."

이건 돼지가 아니라, 돼지 저금통이다.

"으으음. 소문으로는 들었지만, 나도 실물을 보는 건 처음이다."

"나도 돼지 저금통을 보고 조금 감동했어. 실존하는구나~, 싶어서."

"하지만 어째서 이걸 나에게?"

"……그건 말이지."

어흠, 하고 헛기침하면서 자세를 고쳤다.

"마스터, 자주 과금하잖아."

"음. 원하는 아이템이나 좋은 서비스가 있다면 과금을 아끼지 않지."

"그렇지. 응. 뭐, 그건 어쩔 수 없지. 원하는 게 있고 돈이 있으니까, 사고 싶으면 사면 된다고 생각해. ―하지만!"

"하지만?"

"마스터, 원하던 것도 아닌데 과금하고 싶다는 이유로 과금할 때가 있잖아."

"윽……. 어째서 아는 거냐, 루시안?"

"모를 리가 없잖아……."

과금하고 싶다~ 라는 오라를 내뿜으면서 과금 아이템을 바라본 뒤, 전혀 필요 없는 뽑기를 시작하는 마스터의 모습을 몇 번이나 봐왔으니까.

그래서 준비한 것이 이 저금통이다

"그러니까, 이 돼지 저금통인 거지. 과금하고 싶지만 필요한 게 아닐 때는, 여기에 딸깍 넣어서 과금했다는 기분이 들면 좋겠다 싶어서."

"으으음……. 그렇군……."

마스터는 내 선물을 바라보더니 굉장히 거북한 표정으로 말했다.

"이 저금통은 고맙게 쓰도록 하겠지만……. 과금 욕구는 저금으로 해소할 수 있는 게 아닌데……. 아니, 마음은 정말로 고맙다고?"

"훗. 그렇게 말할 줄 알았어."

"뭐……라고……?"

나를 얕보지 말았으면 좋겠다.

저금통에 돈을 넣는 정도로 마스터가 만족할 리 없다는 건 예상했다.

"이 녀석은 레트로한 외견이지만, 최신식이거든. 와이파이에 연결하면, 돈이 들어가는 걸 온라인에서도 알 수 있게 되어있어."

"온라인에서도……. 그렇다면……."

"그래. 이 저금통에 접속하는 방법을 공유하면, 마스터가 저금통에 과금한 걸 전원이 알 수 있는 거야."

"그건……. 과연, 재미있지 않은가!"

"그렇지!"

그렇게 말할 줄 알았다.

과금 욕구는 저금통으로 채워지지 않지만, 모두에게 「또 과금했네!」라고 말을 듣는다면 만족할 수 있지 않을까 생각한 거다.

"과금하고 싶다. 하지만 참아야 할 때 500엔이든 천 엔이든 넣는다면, 우리도 참은 걸 알 수 있어. 이거라면 쓸만하잖아."

"과금을 했는데도 어이없어하지 않고 칭찬하는 건가. 역시 루시안, 근사한 발상이구나."

"아니, 칭찬할지는 모르겠지만."

수중에서 없어지는 건 아니지만, 저금해서 돈이 줄어든 건 틀림없는 거니까. 물론 쓸데없는 과금보다는 낫겠지만 말이지.

"그러니까 사용해준다면 기쁠 거야."

"그래. 고맙게 이용하도록 하마."

마스터는 돼지의 머리를 툭툭 두드렸다.

"게다가 이 디자인……. 슈바인이 감시하는 것 같아서 몸이 긴장되는군……."

"『이제 과금하지 말라고 말했잖아?』라고 말할 것 같네."

귀여운 돼지이건만, 우리 사이에서는 츤데레 이미지가 되어버렸다.

"……그나저나 루시안. 이 저금통, 꽤 비싸지 않나?"

"아~. 뭐, 싸지는 않았지."

실제로 다른 답례 선물과 비교하면 제일 비쌌다.

살 때 조금 용기가 필요한 가격이었다.

"그게. 마스터한테는 손수 만든 것 말고도 비싼 초코를 받았었잖아."

"오히려 그쪽이 메인이었는데."

"손수 만든 게 더 기뻤거든?"

손수 만든 것보다 시판 초코가 메인이라고 생각하지는 않는다고.

그래도 비싼 걸 받았다는 건 사실이니까.

"비싼 초코를 받은 만큼 확실히 답례해야겠다고 생각했다는 점도, 조금은 있어."

"그렇게 신경 쓸 필요는 없었는데……."

"알기는 하지만, 말이지."

"으으음. 미안해지는군……."

미안하다고 말하기는 하지만, 마스터는 바로 헤실헤실 얼빠진 미소를 지었다.

"하지만……. 아니, 기쁘구나. 이렇게 나를 생각해서 선물해준 선물이라니."

"기뻐해 주니 다행이네. 마스터라면 원하는 물건은 전부 직접 살 것 같으니까 조금 긴장했거든."

"후배에게 받은 선물이다. 평생의 보물이지."

"너무 거창하네. 꽉 차면 깰 수밖에 없잖아."

"음. 언젠가 꽉 차는 날에는 모두 함께 쓰기로 하자."

"……그건 마스터가 써줘."

마스터의 저금통이니까.

게다가 마스터라면 500엔 같은 비싼 동전을 넣을 것 같고.

꽤 커다란 저금통이니까 상당한 액수가 될 거다. 제대로 자기가 써야겠지.

"아무튼 확실히 받아주고, 기뻐해 줘서 다행이야. 초코 고마웠어. 앞으로도 잘 부탁해."

"그래. 나야말로."

이걸로 목적은 달성했다.

왠지 긴장이 풀려서 후우, 하고 한숨을 내쉬었다.

"······그런데."

그때, 마스터가 진지한 표정으로 나를 바라보더니 말했다.

"슬슬 본론으로 들어가지 않겠나."

"어······. 본론?"

"그래. 그밖에 용건이 있겠지, 루시안?"

"아니, 지금 이게 본론이었는데."

"······응?"

"············응?"

의문부호를 띄운 채 둘이서 서로를 응시했다.

그밖에 또 무슨 이야기가 있는데?

"지, 지금 이게 본론인 거냐? 화이트데이는 덤이고, 나에게 뭔가 상담이 있는 게 아니라?"

"어째서야. 뭘 상담한다는 건데."

"요즘 아코 군의 눈이 무섭다거나, 슈바인과 싸웠다거나, 세테와 더 친해지고 싶다거나, 그런 이야기가 있는 줄 알았는데."

"아무것도 없어! 그보다 아코의 눈이 무섭다니 무슨 소리야?!"

그야 확실히, 요즘 아코가 진지한 눈으로 끌어안을 때가 있어서 약간 무섭긴 하지만!

"큭. 어째서 다들 할 말이 있다고 하면 상담이라고 생각하는 거냐고!"

"지금까지 대부분 그러지 않았나."

"……그럴지도 몰라! 언제나 고마워!"

"신경 쓸 건 없어. 오히려 나는 모두가 의지하는 게 기쁘거든. 루시안의 상담을 받아주는 건 행복한 시간이다."

"고맙긴 하지만!"

듣고 보면 자주 상담이나 부탁을 했었다.

그렇게 생각하니 왠지 미안했다.

"이, 일단 이번에는 마스터에게 답례 선물을 주는 게 메인이니까! 언제나 고마워!"

"그, 그런가. 나를 위해서 일부러 선물을 골라 휴일에 만나러 와준 건가."

"그런, 셈인데."

"……."

대화에 수수께끼의 공백이 생겼다.

그렇게 나와 얼굴을 마주하던 마스터가 점점 고개를 밑으로 내리더니 무릎에 올라간 손을 꾸물꾸물 움직이기 시작했다.

이, 이건 설마, 쑥스러워하는 건가?

"마스터……?"

"아니……. 그게 말이다……."

고개를 올리지 않은 채, 평소에 하지 않는 상기된 목소리로 말했다.

"원인은 모르겠지만, 어째서인지 뺨이 뜨겁고, 고동이 격하다. 그런데 머리는 둥실둥실 뜨는 것 같고, 묘하게 눈동자가 촉촉한데……."

거기서 마스터가 고개를 홱 들었다.

"이것이 사랑……?!"

"아닙니다."

"역시 아니었나."

마스터는 으으으, 하고 고개를 갸웃했다.

"손끝이 찌릿찌릿하고, 입안이 바싹바싹하다. 눈 안쪽도 뜨거운데……."

"잠깐. 그건 내가 죽는 패턴이잖아."

어디서 들어본 적이 있는걸!

그나저나 마스터는 평소엔 자신만만한데 타인이 칭찬하거나 좋아해 주는 건 익숙하지 않네.

감사를 표하면 이렇게 쑥스러워한단 말이지.

"뭐, 심호흡이라도 하면 낫겠지."

"음. 스읍……. 하아……."

마스터는 몇 번 심호흡한 뒤에 홍차를 쭉 들이켰다.

"……음. 진정했다. 사랑은 아니군."

"그런 컨트롤은 확실하네."

"마인드 세팅은 제왕학의 기초다."

그러니까 왜 제왕학을……. 아니, 이미 늦었으니까 됐지만.

"그럼, 냉정해지고 나서 눈치챈 건데."

"오. 뭔데?"

"나에게 답례를 주러 왔다는 건, 다른 이들에게도 줘야만 한다는 것 아닌가?"

"맞아. 오늘 안에 모두에게 가봐야 해."

"역시 그랬군. 그럼 너무 오래 있을 수는 없겠어."

"딱히 서두르는 건 아닌데."

나머지는 아코와 아키야마. 예정을 모르는 두 명뿐이니까.

일부러 초대까지 해줬는데 용건만 마치고 돌아가는 것도 미안하고.

"아까도 말했을 텐데? 나는 모두가 의지해주는 걸 기뻐한다. 방으로 초대하는 건, 날을 다시 잡아서 본가에 부르기로 하지."

"얼마나 대저택인지 상상하기만 해도 무서운데……. 알았어. 다음에 실례하겠습니다."

"음. 그러면 된다. 그럼 역까지 바래다주마. 시노하라에게 말을 걸어서……."

소파에서 일어나 걸어간 마스터가 문고리를 잡았다.

그 손이, 찰칵 소리를 내며 멈췄다.

"……음?"

"어라. 왜 그래?"

"문이 안 열린다."

마스터는 찰칵찰칵 문고리를 돌렸다.

확실히 문이 열리지 않는 것 같다.

"뭐지? 자물쇠라도 잠긴 건가?"

"내부에서 열리지 않는 자물쇠 같은 건 이상하잖나."

"하지만 실제로 안 열리니까……."

"으으음."

우리가 고민하자, 방 바깥에서 목소리가 들렸다.

"아가씨……. 니시무라 님……."

"아. 메이드 씨!"

"시노하라인가. 살았군. 방의 문이 열리지 않는데, 그쪽에 뭔가 이상은 없나?"

"네. 전자자물쇠를 잠갔습니다."

"그런가. 그럼…… 뭐?"

"어, 무, 무슨 소리죠?!"

우리가 굳어지자, 문 너머의 시노하라 씨가 말했다.

"전자 키를 조작해서 잠갔습니다."

냉정한 목소리로 태연하게 무서운 말을!

"시노하라, 어째서 그런 짓을?!"

"아가씨가 처음으로 데려오신 남성……. 이건 꼭 주인님과 사모님에게 소개를 드려야겠다고 생각해서요. 저녁은 4인분을 준비할 테니, 시간이 될 때까지 이쪽에서 기다려 주세요."

"잠깐잠깐잠깐~!"

뭔가 착각하고 있어!

나는 그런 사람이 아니라고!

"아니라고요! 마스터…… 쿄우 씨와는 그냥 친구이고, 아무것도 아니에요! 부모님에게 소개라니, 그런 건 필요 없다고요!"

"쿄우, 씨……."

"마스터도 쑥스러워하지 말고 말해줘! 혹시 나, 마스터에게 손을 댄 해충이라고 생각하고 있는 게……."

"아니요. 그렇지는 않습니다."

"……어라. 아닌가요?"

"네. 니시무라 님의 상황은 알고 있습니다. 아가씨의 공통 지인과 교제 중이라던데요."

"……어디까지 제 이야기가 새어 나갔는지는 신경 쓰이지만, 뭐, 그렇죠."

바로 부정당했지만, 역으로 그럼 어째서냐는 의문이 늘어났다.

그럼 우리를 가둘 필요 없지 않나?

"그럼 왜 식사 같은 걸……."

"예전 일을 통해, 주인님이나 사모님도 니시무라 님에게 흥미가 생기신 모양이라서요."

"예전……? 무슨 일 있었나……?"

"큰할아버님 일이겠지. 전원이 모여서 회식 중에 왔었잖나."

"아아아아앗!"

맞선이라고 생각해서 돌격했더니, 큰할아버님이 있었을 뿐이었던 사건이 있었지!

그게 원인이었나!

"그, 그 일은 날을 다시 잡아서, 전원이 설명을……."

"아뇨. 그쪽은 문제없습니다. 그보다 뭐, 솔직히 말씀드리면."

문 너머에서 조용히, 그러나 확연하게 즐거워 보이는 목소리가 들렸다.

"주인님, 사모님, 아가씨, 그리고 니시무라 님의 식사. 아아, 아가씨의 굉장히 굉장히 즐거운 모습을 볼 수 있을 것 같아서……. 저, 정말 기대되네요!"

"마스터! 이 사람 이상한 사람이잖아!"

"그러니까 말하지 않았나……. 민폐 많은 언니 같은 사람이라고……."

"그럼 시간이 될 때까지 느긋하게 보내시길."

"잠깐만요~!"

가버렸다~!

곤란한데. 아무리 그래도 저녁 식사까지 함께하게 되면 아코와 아키야마에게 답례 선물을 줄 수가 없다.

"어, 어쩌지."

"……당연한 것 아니냐."

마스터는 눈을 번뜩 빛내며 말했다.

"둘이서 이 빌딩 탈출 게임을 하는 거다!"

"역시 그렇게 되나!"

던전을 나갈 때까지가 퀘스트입니다.

마스터의 별가 잠입 미션은 탈출 미션으로 모습을 바꿨다.

††† ††† †††

"우선 상황을 정리하자."

그렇게 말한 마스터가 소파에 앉았다.

상황 정리라고 해도.

"나와 마스터가 메이드에게 감금당했다는, 굉장히 알기 쉽고 곤란한 상황인데."

"이렇게나 자유로운 감금이 있을 것 같으냐. 연금조차 아니야."

"……뭐, 평범하게 휴대폰도 가지고 있으니까."

컴퓨터도 인터넷도 연결되어 있고, 최악의 경우 경찰 정도는 부를 수 있다.

그런 큰일로 키울 생각은 없지만.

"애초에 시노하라도 진지하게 가둘 생각은 없겠지."

"아니, 어째서? 문은 안 열리잖아."

"잘 들어라, 루시안. 이건 중요한 정보인데."

"어, 어어."

마스터는 진지한 표정으로 말했다.

"이 방에는, 화장실이 없다."

"……그야 내보내 주지 않으면 곤란하겠네."

"음. 감시는 붙겠지만, 방에서 나가는 건 가능할 거다."

소중한 아가씨가 화장실을 참게 할 수는 없을 테니까, 내보내 달라고 말하면 내보내 주는 건가.

"이거, 의외로 간단히 나갈 수 있나……? 진지하게 감금하는 건 아닌 거지?"

"그녀는 민폐를 끼치기는 하지만, 기본적으로는 선량한 사람이다. 미성년자 유괴 같은 짓은 하지 않아."

"내가 주장하면 어엿한 유괴가 되지 않을까 싶은데."

그러나 시노하라 씨가 나쁜 사람이 아니라면 문제는 간단하다.

이쪽은 이쪽대로 사정이 있으니까, 그걸 알아준다면 되는 거다.

"그럼 어떻게든 될 것 같네."

"흠……. 작전을 떠올렸나, 루시안."

"뭔가 묘하게 싫은 것 같네, 마스터."

"싫은 건 아니지만……."

마스터는 꽤 찌푸린 표정으로 나를 바라봤다.

뭐지? 아코라면 작전이 있다고 말하면 엄청 기뻐하는데.

"아무튼, 그 작전을 이야기해다오."

"그게. 시노하라 씨는 우리의 목소리가 들리는 곳에 있고, 나쁜 사람은 아니잖아."

"음."

"그럼, 오늘은 용건이 있으니까 돌아가게 해주세요! 라고 순순히 부탁하자!"

"기각이다."

"뭐……라고……."

자신 있던 작전이 곧바로 부정당하고 말았다.

왜 안 되는 건데?! 완벽한 작전이잖아!

"곤란하니까, 우선은 솔직히 부탁하면 되잖아. 그걸로 안 되면 다른 방식을 생각하면 되고."

"그렇지. 성실하게 부탁하면 탈출 자체는 가능하겠지만……. 결코 좋은 방법이라 할 수는 없어."

"에이. 제대로 이야기하는 게 올바른 방식이라고 생각하는데."

"그래. 올바르지. 올바르니까 문제인 거다."

테이블을 툭툭 두드린 그녀가 타이르듯이 말했다.

"정면에서 성실하게 이야기한다. 그건 올바르다. 매우 프리미티브하고, 강력한 올바름이다."

"프리……? 뭐, 올바르다면 됐잖아."

"너무 올바른 거다. 강제로 상대를 악으로 만들어버릴 정도로, 말이지."

"······뭐?"

상대를 악으로 만든다니— 무슨 뜻이야?

"당신 때문에 죄 없는 내가 곤란하니까 그만했으면 좋겠다—. 그 말은 올바르다. 하지만 올바르기에, 그걸 들은 쪽은 상대를 곤란하게 만든 악인이 되어버리지."

"곤란한 건 사실이니까."

"그것에 관해서는 사과하겠지만, 시노하라도 악의가 있는 건 아니다."

마스터는 곤란한 표정으로 내용물이 거의 남지 않은 컵을 흔들었다.

"감싸는 건 아니지만, 시노하라도 그녀 나름대로 선의를 가지고 우리를 가둔 거다. 나의 리액션이 기대된다고 말했지만······ 확실히 네가 있으면 나는 본모습이 나오기 쉬워. 평소 부모님과 식사할 때보다 대화가 상당히 활기찰 게 분명하겠지."

"마스터. 우리와 있을 때가 본모습인 건가······."

화기애애한 식사를 하는 건 좋은 일이고, 뭔가 용건이 없었다면 각오를 다지고 어울려줬을 거다. 그러나 오늘은 좀 곤란하단 말이지.

"하지만 그거, 나는 곤란하단 말이야."

"너에게도 이익이 있고말고. 차에서 잠시 장래 이야기를 했었는데······. 네가 극히 일반적인 회사원으로 살아간다면,

아버지와 얼굴을 마주하는 게 손해는 없을 거다."

"진짜로?!"

아는 사이가 되기만 해도 플러스인 사람이라니, 얼마나 거물인 거야?!

"뭐 하는 분이신데?! 정치인 같은 거야?!"

"그 정도로 대단한 가문은 아니지만, 이 주변에서 일할 작정이라면 손꼽을 중 하나는 되겠지."

"어느 정도인 거야……. 아니, 이런 빌딩을 보유하고 있으니 당연한가……."

자택 대신 쓸 정도니까, 여기 말고도 있는 거겠지.

토지나 건물을 가진 사람은 굉장하다는 정도는 왠지 모르게 알 수 있다.

"모두와의 화이트데이를 내일로 미루더라도, 부모님과 저녁을 함께하는 게 너에게 이득은 될 거다. 그런 의미에서, 시노하라는 선의로 가두고 있는 셈이지."

어른의 논리지만. 마스터는 그렇게 쓴웃음을 지으며 말했다.

하고 싶은 말은 알겠다.

"장래를 위해서라……. 아코가 기뻐하기는 하겠지만……."

"『저 말고 다른 여자의 부모님을 만나다니!』라며 화낼지도 몰라."

"……확실히. 돈이나 일 같은 건 아무래도 좋다고 생각하는 녀석이긴 하지."

아코의 리액션은 알기 쉬워 보이지만, 읽을 수 없는 부분도 있다.

아무튼 높으신 분과의 식사라니 절대로 싫어요, 라고 말하기는 하겠지.

"어른의 논리이기는 하지만, 시노하라도 나름대로 선의로 우리를 식사에 권유한 거다. 그런데도 민폐 취급을 해서는 그녀가 딱하지 않나?"

"그건 조금 미안할지도."

이쪽은 집에 들어왔으니까, 부모님과 만나서 실례했다고 인사하는 건 예의이기도 하다.

"온라인 게임 플레이어에게는 흔한 일이지만, 루시안. 너는 이기는 것에 너무 집착하고, 이기는 방법에도 너무 집착한다. 중요한 건 명확하게 이기는 게 아니야. 최적의 해답에 착지하는 거다."

"으……. 뭐, 온라인 게임에선 이기면 된다는 점이 있긴 해."

"현실에서는 상대를 몰아붙여서 이기면 된다는 식으로 넘어갈 수가 없어. 특히 상대가 적이 아니라면 말이지."

"그렇구나……."

마스터의 말은 공부가 된다.

온라인 게임이라면, 적은 모두 쓰러뜨리면 된다. 퀘스트는 어떤 형태라도 클리어하면 보수는 똑같은 경우가 많다.

그러나 현실은 그럴 수가 없으니까. 이기면 그걸로 충분한 건 아니겠지.

"그럼 이번 일의 결론은?"

"이렇게까지 하다니 놓치더라도 어쩔 수 없다는, 어린애다운 노력을 보여줘야겠지. 꼼수를 쓰지 않고, 정면에서 이 탈출 게임을 넘어서 보지 않겠나."

"흠흠."

"이상이 상황 정리다."

마스터가 만족스럽게 이야기를 정리했다.

목적은 시노하라 씨의 체면을 세워주면서 도망치는 건가.

으음……. 하지만 체면을 세워준다면 다른 방법이 있지 않을까.

"참고로, 시노하라 씨의 선의는 정말로 고맙지만, 오늘은 나의 상황이 도저히 안 되니까 돌려보내 달라고 부탁하는 건?"

"내가 재미있지 않으니 기각이다."

"그렇겠죠~!"

또 하나의 목적은, 마스터와 즐겁게 노는 것인 모양이다.

††† ††† †††

"그럼 바로 행동을 개시하자."

"말은 그렇지만, 어쩔 건데?"

"우선은 이 방에서 밖으로 탈출해야겠지."

마스터가 문으로 고개를 돌렸다.

머리털이 두둥실 나부끼면서 부드럽게 흘렀다.

"탈출 방법은 몇 가지 있지만, 가장 간단한 건 본인이 문을 열어주는 거다."

"역시 시노하라 씨에게 열어달라고 하는 건가."

"음. 화장실에 간다고 말해서 문을 열게 하고, 자물쇠가 잠기지 않게 뭔가 끼워놓으면 이후에는 간단히 탈출할 수 있지."

"오케이. 그걸로 가자."

우선 방에서 나가지 않으면 이야기가 진행이 안 된다.

6층 창문에서 나가는 건 역시 무섭고, 가능하면 멀쩡한 문으로 나가고 싶다.

"그럼 바로 시노하라 씨를 부를까."

"아니, 그 작전으로 밖에 나갈 수 있으니까, 다른 수단을 쓰더라도 문제없다는 셈 치고……."

"셈 치고……?"

마스터가 뚜벅뚜벅 컴퓨터로 걸어갔다.

그리고 키보드를 타닥타닥 두드리기 시작했다.

한동안 조작하자, 문에서 「뿌~」 하는 소리가 났다.

"좋아. 인트라넷에서 내 방의 전자자물쇠를 해제했다."

"아니, 잠깐만!"

갑자기 치사한 방법이 나왔잖아!

어린애답게 정면에서 노력하는 거 아니었어?!

"어떻게 된 거야, 마스터! 자물쇠를 해제할 수 있었어?!"

"물론이지. 전자 제어인 이상, 관리 권한과 단말만 있다면 조작은 쉬워. 특히 이 전자자물쇠 시스템은 시범적으로 도입한 것에 불과하니까."

"관리 권한, 있었구나……."

"여기는 자택이라고?"

"그렇게 말하면 찍소리도 안 나오지만!"

그야 여기 사는 본인이 자택 관리 권한을 가지고 있지 않으면 이상하겠지!

듣고 보니 당연했어!

"그리고 우리 집에서 가장 권한이 강한 건 나다. 필요한 정보는 수중에 있지."

"어째서 가둬놨다고 생각한 거야, 시노하라 씨……."

"그녀도 전자 기기에 밝은 편은 아니거든."

메이드 시노하라 씨. 그녀는 의외로 평범한 누나였던 모양이다.

그야 뭐, 모두가 기계를 잘 아는 건 아니겠지.

어찌 되었든, 이걸로 방 밖으로 나갈 수는 있다.

"이후에는 도망칠 뿐, 인가?"

"그렇게 간단하지는 않아. 그녀가 경계하고 있을 건 틀림없어."

"아~, 들키면 잡히겠네."

도망칠 곳이 없는 복도에서 쫓기게 된다면 역시 어쩔 도리가 없다.

쿨하고 유능해 보이는 느낌이었으니까, 호신술로 억류당할 수도 있다.

"들키지 않게 도망쳐야만 하나……. 큰일이네."

"음. 그래서 이 손거울이다. 복도 너머에 거울을 꺼내서 앞쪽의 낌새를 살피자. 그녀의 위치를 확인하고 행동을 일으키는 거다."

"스파이 같네! 그걸로 가자!"

왠지 스텔스 게임 같아서 두근두근하네!

내가 가슴을 두근거리자, 마스터도 고개를 끄덕였다.

"―그런 걸 했다고 치고, 감시 카메라를 체크하자."

"그러니까 기다리라고!"

굉장히 치사한 방법이 나왔잖아!

감시 카메라 있었어?! 게다가 쓸 수 있어?!

"볼 수 있는 거냐고, 감시 카메라! 그보다, 왜 갇혀 있는 쪽이 감시 카메라를 쓸 수 있는 거야!"

"음? 그렇지만 감시 카메라는 내부에서 쓰는 것일 텐데."

"그렇긴 하지만!"

그 말이 옳기는 하지만, 스텔스 게임의 감시 카메라는 부숴야 하는 거잖아! 이쪽이 쓰는 건 이상해!

"좋아. 영상이 나왔다. 봐라."

"아아, 정말……. 으으음, 이건 복도인가."

"아무리 그래도 방 안에 카메라는 없으니 말이지."

감시 카메라 영상은 빌딩 복도를 비춘 것이었다.

이 방 앞에 있는 카메라 같은데, 시노하라 씨의 모습은 어디에도 보이지 않는다.

팟팟팟 화면을 전환해봤지만, 어디에도 인기척이 없다.

그때, 딱 하나만 문이 열린 방이 있는 게 보였다.

"이 방, 문이 열려있네."

"집무실이군. 시노하라는 이곳에 있겠지. 우리가 부를 때 알 수 있도록 문을 열어둔 모양이야."

"문제가 일어나지 않도록 조심하고 있는 거네."

"도망칠 때를 위한 대책이기도 하겠지."

"그렇겠죠."

일단 도망치지 못하게 하려는 생각은 있는 모양이다.

"다행히 집무실은 이 방보다 안쪽이다. 엘리베이터 홀까지 가는 루트는 클리어라고 봐도 좋아."

"흠흠. 그럼 작전은……."

"어떤 게임이라도, 처음으로 도전하는 전법은 정해져 있다."

눈을 번뜩인 마스터가 힘차게 말했다.

"강행 돌파다!"

†††　†††　†††

　살며시 문을 밀자, 무거운 것치고는 소리 없이 열렸다.

　감시 카메라 영상대로, 복도에는 아무런 인기척이 없다.

　"……적영(敵影) 없음."

　"좋아. 가자, 루시안."

　방을 나와 조심조심 복도를 걸었다.

　두꺼운 융단이 발소리를 없애주니까 어지간한 일이 아니면 소리는 나지 않는다.

　"이대로 엘리베이터에 올라타면 우리의 승리다. 신중하게 가자."

　"오케이."

　귓가에 속삭인 마스터에게 고개를 끄덕였다.

　흥분한 건지, 왠지 숨소리가 뜨겁게 느껴졌다.

　그대로 시노하라 씨와 만나지 않고 엘리베이터 홀 겸 현관 홀까지 도착했다.

　밑으로 가는 버튼을 누르고, 그동안 신발을 신었다.

　"큭. 엘리베이터가 느리네……."

　"순회하는 기색은 없었다. 걱정할 것 없어."

　알고는 있지만, 긴장되는 건 어쩔 수 없다.

　잠시 뒤, 겨우 엘리베이터가 6층에 왔다.

　"이걸 타고 내려가면 탈출 완료인가……. 의외로 간단히 나왔네."

그렇게 방심한 나를 비웃듯, 문이 열린 순간 띵 하는 커다란 소리가 복도에 울렸다.

이런, 꽤 큰소리였어!

"지금 이거 들린 거 아냐?!"

"틀림없다! 바로 타자!"

이거, 분명 시노하라 씨가 눈치챘을 거야!

우리는 황급히 엘리베이터로 들어갔다.

마스터가 1층 버튼을 누른 뒤에 곧바로 닫는 버튼을 눌렀다.

짜증이 날 만큼 천천히, 그러나 확실히 문이 닫혀갔다.

"위험했어. 틀린 줄 알았다고⋯⋯."

"음. 어떻게든 늦지 않은 모양이다—."

문이 다 닫히기 직전.

콱, 하는 소리가 나며 아주 약간의 틈을 남긴 채 문의 움직임이 멈췄다.

어, 하고 생각한 순간. 문틈에서 스르륵 손가락이 들어왔다.

"잠깐, 손가락! 손가락?!"

"아아⋯⋯. 무리였나⋯⋯."

가느다란 손가락이 문을 꾹 넓혔다.

천천히 열리는 문 너머에는.

"아가씨, 니시무라 님."

차분한 목소리로 말하면서도, 어딘가 의기양양한 미소를

짓고 있는 메이드가 있었다.

"저녁 식사 때까지 외출은 삼가 주세요."

"……네."

"음……."

†††   †††   †††

"실패했다실패했다실패했다……."

"꽤 아까웠지. 처음부터 흐름이 좋아."

"문틈에서 손가락이 들어오는 거, 엄청 무서웠는데."

"음. 영화 같은 광경이었지."

마스터는 웃고 있지만, 나는 어지간한 호러보다 놀랐다고.

이 사람, 나와 함께 이 억지 탈출 게임을 하는 걸 즐기는 거 아닌가.

"애초에 방에서 탈출한 건 전혀 지적하지 않았네."

"이래 봬도 내 자택이다. 열쇠가 잠긴 방에서 탈출하는 정도로 놀라지는 않겠지."

"보통은 꽤 놀랄 텐데."

마스터의 집에서는 평소에도 이런 걸 하는 게 아닌가 하는 느낌도 들었다.

의외로 탈주 버릇이 있는 어리광쟁이 아가씨였던 걸까.

"아무튼, 신발을 입수할 수는 있었다. 한 걸음 전진했다고 해야 할까."

조금 전, 우리는 갈아 신은 신발을 몰래 들고 돌아왔다.

이제 신발을 갈아 신을 시간을 생략할 수 있다.

"소리가 나는 이상, 이제 엘리베이터는 무리일까?"

"아니, 아슬아슬한 타이밍이었다. 조금이라도 정신을 돌리게 하면 탈출은 가능해."

"그렇구나. 하지만 정신을 돌리게 한다고 해도, 어떻게……."

"이걸 쓰는 거다."

마스터는 휴대폰을 들고 씨익 웃었다.

다시 엘리베이터 홀로 돌아온 나와 마스터.

나는 엘리베이터 버튼에 손을 대고 그녀의 모습을 엿봤다.

"눌러도 돼?"

"잠깐 기다려라……. 좋아, 지금이다!"

마스터의 신호와 함께 아래로 가는 버튼을 눌렀다.

동시에 휴대폰에서 미약한 호출음이 흘렀다.

잠시 뒤, 복도 너머에서 전화 울리는 소리가 들렸다.

"훗훗훗. 이 층의 고정 전화를 울려서 그 소리로 엘리베이터 소리를 얼버무린다. 만약 눈치채더라도, 전화 중이라면 대응이 늦어진다는 작전이다. 이러면 탈출은 성공할 게 틀림없어."

"시노하라 씨가 전화를 받는다면, 아까 그 느낌이라면 늦겠지."

"음. 이걸로 우리의 승리다!"

정말로 즐거워하고 있네, 마스터.

두근두근 엘리베이터를 기다렸다.

『여보세요, 아가씨? 무슨 일이신가요?』

그런 목소리가 휴대폰에서 들렸다.

"어라, 마스터라는 게 들켰잖아."

"자택 번호다. 모르는 번호라면 무시할 가능성이 있으니까."

몰래몰래 이야기하는 사이 엘리베이터가 도착했다.

띵, 하는 소리가 들리며 문이 열렸다.

이미 호출음은 멈췄으니까, 들렸을까?

『여보세요. 아가씨?』

아니, 괜찮다. 아직 휴대폰에서 소리가 들린다.

좋아. 이 시점에서 집무실에 있다면 어떻게 해도 늦지 않을 거다!

"성공이야, 마스터. 타자!"

"음! 미안하다, 시노하라. 우리는 용건이 있기에 잠시 외출하마. 미안하지만 저녁 식사에는 합류할 수 없어."

"죄송합니다!"

둘이서 휴대폰에 말을 걸었다.

다행이다. 무사히 탈출할 수 있겠다. 이러면 아코와 아키야마에게 답례를 주러 갈 수 있어!

그렇게 기뻐하며 엘리베이터에 타려는 내 어깨에, 누군가의 손이 탁 올라왔다.

『"그건, 곤란한데요."』

휴대폰과 귀 양쪽에서 목소리가 들렸다.

내 어깨에 올라간 손에, 힘이 꽉 들어갔다.

앞으로, 갈 수가 없다.

"서, 설마……."

"말도 안 돼……."

나와 마스터는 조심조심 돌아봤다.

그곳에 서 있던 건, 한 손에 수화기를 든 시노하라 씨였다.

아아……. 이곳의 고정 전화, 무선이었군요…….

"두 분, 방에서 기다려 주세요."

"……네."

"음……."

††† ††† †††

"이번에도 안 됐나……."

"그야 가둬둔 방에서 전화가 오면 낌새를 보러 오겠지……."

"하지만 고정 전화에 걸었을 거다. 고정 전화라는 이름인데, 그런 고정되지 않은 전화를 가져오는 건 비겁하잖나."

"무선전화거나, 보조 수화기겠지. 흔하잖아."

"그런 게 있었나……."

무선으로 본체와 연결되어 대화할 수 있는, 휴대폰의 원형 같은 거다. 우리 집 전화에도 달려있는데……. 몰랐었나, 마스터.

전혀 생각하지 않았던 내가 말하는 것도 좀 그렇지만, 이상한 부분에서 얼빠진 것이 마스터다웠다.

"흠, 실패뿐이긴 하지만 꽤 재미있구나."

"마스터, 완전히 즐기고 있네."

"역시 너와 노는 건 즐겁다. 내 삶의 보람이야."

"명확하게 논다고 말하고 있어!"

시노하라 씨도 마스터도 처음부터 논다는 느낌이긴 했지만!

"그냥 순순히 돌아가고 싶다고 부탁하자."

"아니, 아직 마지막 방책이 있다."

"마지막이라."

"음. 이렇게나 실패를 거듭해온 상황에서 쓸 수 있는, 결전용 플랜이다."

기합이 들어간 표정으로 말했다.

결전이라고 해도, 직접 대결은 봐줬으면 좋겠는데.

"어쩌려고?"

"루시안. 지금까지 우리는 엘리베이터에 고집해왔었지?"

"그야 탈출한다면 엘리베이터니까."

"음. 하지만, 실은 또 하나 탈출로가 있다. 계단이다."

"계단이 있었냐고!"

"당연하지. 6층 건물이다. 피난용 계단이 없으면 건축법 위반이야."

"아니, 모른다고."

왜 건축 기준법은 알면서 보조 수화기는 모르는 거냐고.

그건 어찌 됐든, 계단이라면 더 간단히 탈출할 수 있을 것 같다.

"그럼 계단으로 가자! 어디에 있어?"

"계단은 이 층 안쪽…… 집무실 너머에 있다. 평범하게 가면 확실하게 들키겠지."

"그럼 망했잖아!"

집무실 앞을 지나서 계단까지 도망친다니, 그건 좀 무리잖아. 계단을 내려가기 전에 신발을 갈아 신기도 해야 하고.

"계단도 엘리베이터도 무리라면, 진짜로 어쩌지."

"훗훗훗. 여기서 지금까지의 실패를 활용하는 거다. 봐라. 나의 훌륭한 작전을!"

마스터는 자신만만하게 시노하라 씨에게 들리는 게 아닌가 싶을 만큼 우렁찬 목소리로 말했다.

"이게 라스트 미션! 이름하여 플랜 B다!"

"……분명 지금 생각한 거지?"

다음 중앙 상단에 십자가 장식이 있다.

†††   †††   †††

"작전대로 왔는데. 마스터, 어때?"

"음. 완벽하다. 이제 곧 온다······. 3, 2, 1······ 왔다!"

카운트다운에 맞춰서 마스터가 휴대폰 통화 버튼을 눌렀다.

그리고 띵, 하는 소리가 들렸다. 내가 부른 엘리베이터가 도착한 소리다.

"좋아좋아. 타이밍은 완벽하군. 이걸 위해 지금까지 실패를 반복해온 거다."

동영상에 비치는 감시 영상 안에서 시노하라 씨가 방을 나왔다.

그와 동시에, 고정 전화 호출음이 따르릉 울렸다.

시노하라 씨는 순간 발을 멈추고 방 안으로 고개를 돌린 뒤, 곧바로 당황하면서 엘리베이터 홀로 달렸다.

그리고 옷깃 스치는 소리가 방 앞을 지나갔다— 좋아!

"지금이다!"

"가자!"

컴퓨터 앞을 나온 나와 마스터는 함께 방을 뛰쳐나왔다.

엘리베이터 홀의 반대 방향, 6층 안쪽으로 소리를 내지 않게 달렸다.

"후하하하하! 전화 호출음에 정신이 팔린 사이 엘리베이터에 뛰어든다— 그런 척하고, 엇갈려서 계단으로 향한다!

완벽한 타이밍으로 진행된 이 작전, 성공은 틀림없겠지!"

"말하지 말고 달려!"

모퉁이를 몇 번 돌면서 후다다닥 달리는 우리의 시선 너머, 복도 안쪽에 비상계단 마크가 빛나고 있었다.

자택에서 저 마크를 볼 줄은 몰랐어!

"저건가!"

"음! 자물쇠는 잠겨 있지 않을 거다!"

계단에 연결된 문을 열자, 끼이익 소리를 내며 차가운 공기가 들어왔다.

좋아. 이건 틀림없이 바깥과 이어져 있네!

"자, 서두르자. 이제는 신발을 신고 도망치기만 하면 된다."

"알고 있다니까. 나도 금방—."

어, 잠깐, 어라. 거짓말?!

나는 복도 쪽으로 눈을 돌렸다가 경직하고 말았다.

"⋯⋯."

아직 우리와 상당이 떨어진 복도 너머에서, 이쪽을 바라보는 시노하라 씨가 있었던 거다.

벌써 여기로 온 거냐고! 들키는 거 빠르잖아!

이거 느긋하게 신발을 갈아신고 있어서는 도망칠 수 없다. 이렇게 되면 신발 없이 갈 수밖에 없나!

⋯⋯그렇게, 생각했는데.

"⋯⋯⋯⋯."

시노하라 씨는, 쉬잇, 하고 검지를 입술에 대고는, 남은 손을 휙휙 흔들었다.

가도 된다는, 건가요?

"왜 그러나, 루시안?"

"아니…… 아무것도 아니야."

말을 거는 마스터에게 대답한 뒤, 시노하라 씨에게 고개를 숙이고는 계단으로 내려갔다.

이거 아무래도, 눈감아주려는 모양이다.

"우리가 없다는 건 바로 눈치챌 거다. 시노하라가 쫓아오기 전에 내려가자."

"아, 알았어."

진지한 표정으로 말하는 마스터에게, 방금 쫓아왔지만 보내줬다고는 말할 수 없었다.

"하지만 넘어지지 않게 주의해라. 다치면 의미가 없어."

"……다치면……. 그렇구나. 알았어."

계단을 내려가는 마스터의 뒤를 따라가면서 납득했다.

시노하라 씨에게는, 계단으로 들어선 시점에서 이미 안 됐던 거다.

계단 같은 위험한 곳에서 아가씨를 붙잡으려다가 다치기라도 하면 큰일이다. 놀라게 해서 넘어지는 것도 곤란하다.

마스터가 계단에 도착한 이상, 거기서 이미 탈출은 성공했던 거다.

"착지점이라. 과연……."

탈출하는 걸 몇 번이고 막았지만, 아무래도 싫어하는 모양인데다 다치면 안 되니까 눈감아줬다는 형태는 시노하라 씨에게도 허용 범위인 거겠지.

마스터가 말하는 최적의 착지점이라는 느낌, 조금 이해한 것 같다.

이해는 가지만……. 근데 시노하라 씨는 묘하게 익숙하달까, 태연했지.

"……마스터. 혹시 이런 도주극 자주 했어?"

"윽?!"

물어보자, 마스터는 몸을 움찔 떨고는 속도를 줄였다.

탁탁 계단을 내려가면서도 어울리지도 않게 더듬더듬 말한다.

"그, 그렇게 빈번한 건 아니지만……. 없지는 않다고나 할까…… 가끔은 있다고나 할까……."

"있구나……."

평소에도 이런 걸 하고 있었던 거냐고. 대체 어떤 상황에서 일어나는 걸까.

"슈바인이나 아코와 외출하기로 약속한 날에, 그리 중요하지도 않은 예정을 밀어붙이거나 하면……. 억지로 탈출하기도, 해서 말이지……."

"아아……. 그럴 때 이렇게 스텔스 게임 같은 걸 하고 있구나."

"뭐, 걱정할 것 없다. 이렇게 탈출해도 나중에 야단맞은 경험은 없어. 어느 정도 중요한 용건에서는 절대 도망치지 않으니까."

그야 시노하라 씨도 즐겁게 할 만하네.

언제나 하는 놀이 같은 셈이니까.

"……마스터네 집, 재미있으면서도 귀찮네."

"어째서냐?!"

마스터는 옛날에는 부모의 말대로만 살아왔지만, 온라인 게임을 시작하고 나서 종종 저항하게 되었다고 말했었지.

가족도 돌보는 사람도 이렇게 갑자기 아이다워진 마스터를 귀엽게 지켜보는 게 아닐까, 그런 느낌이 들었다.

별장에 실례하거나 신세를 지기도 했으니, 다음에는 모두 함께 마스터의 부모님에게 인사하고 싶네. 분명 재미있는 분들일 거다.

"……그나저나, 부자는 이상한 사람이 많네……."

"온라인 게이머에게 듣고 싶지는 않아."

"……그러게. 온라인 게임에도 이상한 사람이 많지."

응. 나도 남 말 할 수는 없다.

시노하라 씨가 쫓아오지는 않았고, 우리는 무사히 밖으로 나왔다.

"역까지 보내주고 싶지만, 나는 시노하라의 발을 묶어야 한다. 미안하지만 여기서부터는 따로 행동하자."

"혼자라도 괜찮아. 시노하라 씨에게는 사과해줘."

다음에 기회가 되면, 가능하면 다른 모두가 있을 때 함께 하고 싶다.

그러면 재미있는 마스터의 모습을 볼 수 있을 거다. 분명히.

"그럼 루시안도 조심해라."

"뭐, 지금 이상의 위험은 아마 없겠지만 말이지."

"그, 그건 그렇지만."

마스터는 쓴웃음을 지었다. 친구 집에 갇히다니, 이보다 위험한 일은 일상에서 거의 없겠지.

바로 그때. 갑자기 내 휴대폰이 울렸다.

번호도 가르쳐주지 않았는데 시노하라 씨에게서 온 전화인 줄 알고 순간 경계했지만, 아니었다.

"어라, 여동생이네."

"뭔가 급한 용건이 아닐까?"

"그럴지도……. 그렇게 전화 걸어오는 타입이 아니니까."

SNS를 통해서 보내는 거라면 모를까, 전화라는 게 긴급한 것 같다.

불길한 예감을 느끼면서, 일단 받아봤다.

"왜, 왜 그래? 미즈키. 무슨 일 있어?"

『오빠, 살려줘!』

전화 너머에서 비통한 목소리가 들렸다.

어, 진짜로 긴급사태야?! 어떻게 된 거야?!

"왜 그래? 사고야? 사건이야? 급병이야?!"

내가 당황하자, 똑같이 당황하고 있는 미즈키가 말했다.

『오빠 친구인, 강해 보이는 사람이 와 있어!』

"강해 보이는 사람?!"

그건 대체 어떤 사람이야?! 격투기 같은 거 하는 사람?!

그런 친구, 나한테는 없는데?!

"강해 보인다니, 무슨 소리야?! 정말로 내 친구야?!"

『강해 보인다니?! 내가 그렇게 보여?!』

전화기에서 미즈키와는 다른 목소리가 들렸다.

들린 목소리는 귀에 익다. 틀림없이 친구고, 게다가 강한 사람이다!

"아키야마인가!"

이해해. 확실히 강해 보이지!

"왜 우리 집에 와 있는 거죠!"

『화이트데이니까, 저번 달의 답례를 받으러 왔습니다!』

"제 발로 찾아왔다고요?!"

뭐, 세가와에게라도 들었겠지만…… 그래도 자기가 가지러 왔다고?!

이 사람은 정말로 행동력의 화신이네!

"금방 갈 테니까 얌전히 있어요! 미즈키는 조심해, 무슨 일이 생기면 집은 버리고 도망치는 거야!"

『난 대체 니시무라의 마음속에서 어떤 이미지인 거야?!』

뭔가 말하는 아키야마를 무시하고 전화를 끊었다.

설마 하던 위기 상황이다. 자칫하면 마스터의 집에서 감금당한 것보다 위험하다.

"미안, 마스터. 바로 돌아가야겠어!"

"으. 음. 힘내라!"

"어!"

긴급 미션, 리얼충 습격 퀘스트가 발생.

어떻게든 우리 집을 무사히 지켜내야 한다.

기다려, 미즈키! 지금 오빠가 구하러 갈 테니까!

"……아~. 루시안, 세테에게도 조금은 다정하게 대해줘라~."

작게 들리는 마스터의 목소리는 의도적으로 무시하기로 했다.

On—Game Heroine Collection　Online

from Lv.16

막간

"자폭 스킬은 게이머의 로망 아니냐!"

마스터와 약속한 곳은 마에가사키 고등학교 역 앞이다.

　국립대 전반기 합격 발표가 있어서 반 아이들과 학교에서 모인다고 한다.

　이러니저러니 해도 마스터는 사이좋게 지내고 있잖아.

　"으으음. 여기가 맞겠지."

　지정된 곳은 역 앞의 과자점.

　마스터치고는 드물게, 평범한 체인점이다. 나 같은 서민에게는 이런 가게가 들어가기 쉬워서 고맙다.

　어중간한 시간이어서 그런지, 이쪽도 가게는 비었다.

　긴 머리의 뒷모습이 바로 보였다.

　"마스터, 기다렸지?"

　그녀에게 말을 걸며 눈앞의 자리에 앉자, 문고본으로 시선을 내리고 있던 마스터가 이쪽으로 고개를 들었다.

　"내 사정에 어울려주게 되어서 미안하구나, 니시무라 후배."

　"만나고 싶다고 부탁한 건 이쪽이잖아."

　교복 차림의 이미지가 강한 마스터지만, 역시 졸업한 그녀다. 오늘은 어딘가 고딕 느낌이 나는 복장이라 평소보다 조금 귀엽게 보였다.

"그나저나 LA도 조만간 끝나는데, 내 호칭은 여전히 마스터구나."

"바꿔도 되긴 하겠지만, 이게 익숙해졌으니 말이지."

평소에는 회장이나 선배라고 불렀지만, 졸업했으니까.

"듣고 보니 마스터는, 지금은 선배도 후배도 아니고 그냥 친구네."

"그건 그것대로 매력적이군! 계속 이 상태라도 상관없다!"

"나도 언젠가는 대학생이 되고 싶거든!"

마스터의 후배가 될 수 있게 노력할 테니까!

"반대로! 마스터가 대학을 유급해서 동급생이 되면 역시 선배라고는 안 부를 거야!"

"그만둬라. 정말로 그만둬라."

거의 불가능한 미래인데도, 마스터는 한심한 표정으로 신음했다. 학점이라는, 우리도 얻기는 했지만 잘 알 수 없는 개념과 싸워줬으면 좋겠다.

아니, 이렇게 느긋하게 이야기하고 있을 때가 아니지.

타이밍 좋게 와준 점원에게 커피를 주문하고 본론으로 들어갔다.

"그럼 오늘 만나자고 한 용건인데. 아시는 대로, 화이트데이 답례를 가져왔어."

마스터용 아이스박스를 꺼내서 무겁게 내밀었다.

"올해도 고마웠어. 이쪽, 답례 선물입니다."

"정중한 답례 고맙다. 이번에는 아코 군에게 맡겼으니까, 당일에 직접 주려고 하지 않아도 됐을 텐데."

"무슨 소리야."

아코에게 맡겼다고 해도, 바쁜 2월에 아코의 멘탈이 흔들리지 않도록 고민해준 거잖아. 오히려 고맙습니다.

"올해 답례는 평범하게 내가 만든 과자니까, 적당히 먹어줘."

"호오. 직접 만들었나."

가게 안이라서 상자를 열 수는 없었지만, 마스터는 어째서인지 눈을 반짝였다.

"마침 잘됐군. 실은 졸업을 계기로 해서 앞으로 자취를 하기 위해 움직이고 있었다."

"물론 알고 있어. 머지않아 혼자 산다면서?"

"음. 여름 전에는 집을 나갈 생각이다."

본인의 말로는, 이대로 가면 동생과 떨어지고 싶지 않을 것 같으니 빨리 혼자 사는 생활에 익숙해지고 싶다고 한다.

무슨 소리를 하는 건가 싶지만 이미 방까지 빌릴 만큼 진심이란 말이지, 이 사람.

그것도 대학 근처의 좋은 입지이고, 학생이 사는 아파트라기에는 명백하게 넓다.

처음 봤을 때는 친구를 부를 생각밖에 없는 건가 싶어서 어이가 없었을 정도다.

그런 자취 생활 예정인 그녀는 태연한 표정으로 말했다.

"그래서 말인데. 역시 생활 능력, 특히 요리 기술은 필수라고 생각해서 말이지."

"흐음."

"뭔가 요리를 먹으면 나도 만들어본다, 그런 룰을 자신에게 부과한 거다."

"인생 제약 플레이?!"

또 귀찮은 일을!

그야 어지간히 이상한 게 아니라면 자기도 만들어보고 싶기는 하지만!

"만약 북경 오리 같은 걸 먹으면 어쩌려고."

"닭껍질로 그럴싸한 분위기의 요리를 만들어봤다. 꽤 괜찮았지."

"벌써 먹었어?!"

그리고 만들었어?!

"어째서 또 그런 무거운 제약을⋯⋯."

"어쩔 수 없지 않나. 이대로 가면 매일 외식하며 살아갈 것 같았으니까."

"언제나 외식하는 건 돈이 많이 들 텐데."

"그런데 1인분 요리라는 것도, 해보니까 의외로 돈이 들더군."

마스터는 게다가, 라며 말을 이었다.

"내가 한 시간에 버는 금액을 고려하면, 그 시간을 가사에 할당하는 건 효율적이라고 하기 힘들다고 생각해버려서 말이지…….."

"심각한 효율주의! 마음은 이해하지만!"

직접 드롭을 노리는 것보다는 착실하게 돈을 벌어서 노점에서 산다는 개념이다.

뭣하면 게임 안에서 버는 것보다는 현실에서 알바해서 패키지를 사고, 그 특전을 게임에서 판다는 패턴도 있다.

제일 효율 좋은 방법으로 돈을 벌고 리소스를 다른 곳에 돌리는 건 이해한다.

"그럼 딱히 요리 같은 걸 익히지 않아도 되잖아."

"아니, 그럴 수는 없지. 나의 목적은 자기 집을 동료의 모임장으로 활용하는 거다. 가주라면 요리 하나 정도는 내놓아야겠지!"

"대학 생활을 즐길 생각이 넘쳐나네!"

"무슨 소리냐? 초대하는 건 너희다."

"새로운 친구도 사귀자! 응?"

우리도 놀러 가겠지만, 그쪽은 그쪽대로 친구를 사귀고 즐기라고!

"그나저나, 마스터는 역시 대단하네."

"음? 뭐가 말이냐?"

"아니, 사실 오늘은 말이지. LA가 끝난다는 발표가 있었으니까 무리하고 있지 않나 물어보려고 했거든."

세가와와 마찬가지로, 마스터에게도 물어볼 생각으로 왔다.

나는 아직 LA가 끝난다는 걸 납득하지 못하는 구석이 있고, 세가와도 스샷을 보고 추억에 잠긴다고 말했다.

그러나 마스터는 확실히 받아들이고, 할 일을 하고 있다.

"마스터는 LA에 사로잡히지 않고, 제대로 앞으로 나아가는 느낌이 들어서 대단해."

"당연하지. LA가 죽은 뒤 우리가 있을 곳은, 이 내가 만들어야 하니까."

마스터는 의기양양하게 가슴을 폈다.

"주식회사 앨리 캣츠라는 꿈을 이루려면 아직 해야 할 일이 많아. 앞을 바라보며 나아가야겠지."

"그거, 아직도 진심이었구나."

고양이공주 씨가 말렸던 기업의 꿈을 아직 버리지 않은 모양이다.

제대로 공부해서, 실현성 있는 계획을 세우는 건가.

"지금은 그럴 경황이 없어서 그다지 진전이 없기는 하지만 말이지."

"그쪽은 잘 부탁드립니다."

마스터의 역할은 중요하니까, 그것만큼은 어떻게든 부탁하고 싶다.

그렇게 말하면서 커피를 마셨는데…… 윽, 생각보다 쓰다.

조금 맛을 바꾸기 위해 설탕과 우유에 손을 뻗자, 마스터가 말했다.

"하지만, 그렇군. 사실 나도 조금 마음에 걸리는 점은 있다."

"어. 뭔가 신경 쓰이는 게 있어?"

마스터는 살짝 눈살을 찌푸렸다.

"복잡한 문제여서, 너무 대대적으로 말할 수는 없다만."

"응."

내가 긴장하면서 묻자, 마스터가 말했다.

"아끼지 않고 모든 걸 희생할 각오가 있다면, LA를 계속할 수 없는 건 아니다."

"……뭐?"

당신은 대체 무슨 말씀을 하시는 거죠.

"무, 무슨 소리야? LA를 계속한다? 그게 가능해?"

"세상에 있는 어느 정도의 문제는 돈으로 해결할 수 있으니까. 신음이 나올 만큼 많은 돈을 들이면, LA를 억지로 계속하게 만들 수도 있겠지."

"진짜로?! 운영 회사를 인수해서 계속하게 한다든가?!"

그런 것도 가능해?! 내가 들떠서 묻자, 마스터는 쓴웃음을 지었다.

"무리한 말은 하지 마라. 그 정도의 액수는 어떻게 해도 마련할 수 없어."

"그렇겠죠~."

돈만 있다면 다 오케이인 것도 아니니까.

그렇게 간단하지는 않은 모양이다.

"현실적으로 가능성이 있는 거라면, 라이선스 계약이겠지."

"라이선스라니."

마스터는 「그건 어떤 건데?」라는 표정을 지은 나에게 고개를 끄덕이며 답했다.

"LA의 서버를 열고, 운영할 권리를 유료로 구입하는 거다."

"어, 그런 게 가능해?! 그럼 LA를 계속할 수 있잖아!"

우리가 운영 측이라면 그야말로 평생 계속할 수 있다!

그렇게 들뜬 것도 잠시였다.

"⋯⋯이렇게 텐션을 올려봤지만, 유료구나."

"당연하지. 라이선스 사용료는 상당히 고액이다."

마스터는 게다가, 하고 떨떠름한 얼굴로 말했다.

"더욱이 자력으로 서버를 유지해야만 하고, 회선의 부담도 이쪽이 진다. 안정적으로 운영하지 못하면 위약금도 물어줘야 하지."

"대체 얼마나 드는 거야?"

"부모 형제, 조부모 친척 친구, 장래의 직장에까지 돈을 빌린다면 사업으로 시작할 수 있다."

"인생을 거는 레벨이잖아!"

온라인 게임 운영은 엄청 큰일이구나.

"그렇게까지 해서 성공한다면 좋겠지만, 내 감으로는 틀림없이 실패한다."

"그렇겠지!"

LA가 서비스 종료하는 줄 알았는데, 어디 사는 누군지도 모를 앨리 캣츠 주식회사가 대신 운영합니다! 그렇게 말을 꺼낸 거다. 대체 유저가 얼마나 남아있을까?

"서버를 유지하는 노하우조차 없는데 신규 이벤트나 새로운 요소, 새로운 맵 개발 같은 건 불가능하지. 그런데도 과금 요소만큼은 철저하게 강화해야만 한다."

"크게 터져서 서비스 종료하는 미래밖에 보이지 않아……."

"예상으로는, 아무리 노력해도 1년 후에는 종료겠지."

"마스터가 필사적으로 돈을 빌렸는데 1년만 하고 섭종이면 의미가 없잖아!"

게다가 빌린 돈은 그대로 갚아야 하는데!

"요약해서 말하면, 내 인생을 바친다면 1년은 LA를 계속할 수 있을지도 모른다는 이야기다! 하하하!"

"그런 건 계속할 수 있다고 말하지 않아!"

마스터를 희생해서 1년만 계속한다니, 그런 건 선택지에 들어가지 않는다고!

"하지만 자폭 스킬은 게이머의 로망 아니냐! 한 번은 써보고 싶지 않나?"

"마음은 이해하지만, 쓸 때를 생각해줘!"

1턴 후에 전멸하는 메가잘 같은 건 안 쓰니까!

"생각해볼 것도 없이 말이 안 되잖아. 어째서 그런 걸 신경 쓰는 거야, 마스터?"

"물론, 현실적으로 검토한 건 아니지만."

마스터는 조금 뒤가 켕기는 표정으로 시선을 내리면서 말했다.

"그러나 너희는— 특히 아코라면. 자신의 인생을 버려서라도 1년은 LA를 계속하고 싶다고, 그걸 바랄지도 모른다고 생각해서 말이다."

"그럴 리는 없어……. 아마도."

"아마도, 잖나?"

"아마도, 이긴 하지."

설마 그렇지는 않다고 생각하지만, 절대 아니라고 단언할 수 없는 게 무섭다.

"그래도 괜찮아. 마지막 날에는, 아코도 납득하고 로그아웃할 거야."

내가 자신 있게 말하자, 마스터도 고개를 끄덕였다.

"음. 그걸 위해 노력하고 있으니까."

마침 그때, 시간을 알리는 알람이 살짝 울렸다.

"이런, 벌써 시간이 됐네. 집으로 돌아가야겠어. 아키야마가 오거든."

"미안하다. 너무 오래 이야기했군. 밤에 다시 만나자."

"더 이야기하고 싶지만, 나중에 봐!"

내가 일어나자, 마스터는 어딘가 들뜬 목소리로 말했다.

"마지막까지 마음껏 놀아보지 않겠나."

"그래. 즐기자고."

나와 마스터의 손바닥이 짝, 하는 가벼운 소리를 내며 부딪혔다.

우리의 게임은, 아직 끝나지 않았다.

화이트데이 대 연속 퀘스트 Lv. 4

"오지 않았어요,"

1년 전

And you thought there is Never a girl online?

익숙한 우리 집 문을 여는 게 굉장히 굉장히 무서운 날이 있다.

예를 들어, 시험 점수가 어마어마하게 안 좋았던 날.

엄마가 『돌아가면 잠깐 할 말이 있습니다!』라고 말하는 날.

그리고— 최종 보스가 자택에 찾아온 날.

"열고 싶지 않아……."

아키야마 나나코의 자택 습격 이벤트라는 무시무시한 현실 앞에서, 나는 현관문에 손을 댄 채 멈춰있었다.

안에서 미즈키가 습격당하고 있다고 생각하면 당장 뛰어들어야겠지만……. 차라리 미즈키가 쓰러뜨려 주지 않으려나.

그럴 리가 없지.

"에에잇……. 될 대로 되라지!"

인생에서 될 대로 되라고 말하는 날이 올 줄은 몰랐습니다. 아무튼 그 정도의 기합을 넣고 문을 열었다.

아마 아키야마는 거실에 있을 테니까, 마음의 준비를 할 시간은 있을 거다.

그렇게 생각하며 현관을 본 순간.

"어서 와~."

명랑하게 웃으며 현관에 앉은, 반짝반짝 빛나는 여자아이가 보였다.

탁, 그대로 문을 닫았다.

어, 지금, 있었지? 잘못 본 게 아니지?

"설마…… 거기에, 있었다고……?!"

"있었어~!"

우와아아악!

보스 쪽에서 문을 열었어! 그거 게임으로는 반칙 아냐?!

"자기 집인데 왜 닫는 거야~!"

"현관을 열자마자 최종 보스가 있다면 용사라도 문을 닫는다고!"

"그러니까, 내가 최종 보스라니 무슨 뜻이야?!"

"그건 아코에게 물어보시죠."

왠지 아코가 최종 보스, 최종 보스라고 부르다 보니 어느새 익숙해졌다.

익숙한 현관에 서 있는, 역시 익숙한 아키야마.

오늘은 교복이 아니라 사복이지만, 합숙 때 평소 모습도 봤으니까 그렇게 동요할 일은 없다.

평소대로 깔끔한 옷인데, 주로 나를 만나기 위해 골랐다고 생각하니 어느 정도 마음이 움직이는 것 같다.

"그래서, 왜 현관에 있었던 겁니까?"

"여동생이 도망쳐버려서, 멋대로 올라가는 것도 미안하니까 여기서 기다리던 건데."

"도망쳤다고요?!"

도망치라고 말한 건 나 기긴 하지만!

설마 정말로 도망칠 줄은 몰랐다.

"아직 자기소개조차 안 했는데."

"우리 여동생, 그런 실례를 저지르는 타입은 아닌데…….
미안하네."

무서운 사람이 왔다고 말했으니까, 무시무시한 리얼충 오라에 쫄아버린 거겠지.

딱히 미즈키가 아싸인 건 아니지만…….

"참고로 묻겠는데, 뭔가 이상한 말 하지 않았나요?"

"제대로, 오빠랑 아코하고 같은 부 활동한다고 말했어."

"그야 무서워하겠지!"

원인은 그거였어!

"어째서?! 오빠랑 아는 사이라면 무서워할 일 없잖아?!"

"아코와 나의 공통 지인인데, 아코를 빼고 우리 집에 오는 여자아이라니 어딜 봐도 위험하잖아!"

나중에 아코가 뭐라고 말할지 상상해봤으면 좋겠다.

아코의 성격을 아는 미즈키라면 단호히 얽히고 싶지 않은 안건이다.

내가 어이없어하자, 아키야마는 반대로 불만스러워 보였다.

"에이. 그래도 그건 내가 아니라 아코가 이상한 거잖아."

"아코가 특수한 건 틀림없지만, 아코가 이상하다는 걸 아는데 우리 집까지 오는 아키야마도 상당히 특수하지 않을까?"

"그렇지 않아! 아코는 좀 더 니시무라를 믿어야 합니다! 그러니까 나는 잘못되지 않았습니다!"

척, 하고 깔끔한 자세로 손을 든 아키야마가 자신감 넘치는 목소리로 말했다.

자신의 생각에 따라 망설임 없이 행동에 나서는 게 제일 무섭단 말이죠.

"하아……. 뭐, 일단 올라와 주시죠."

"니시무라한테서 아주 약간 홍차 냄새가 나니까, 나도 홍차 마시고 싶어~."

"에에잇, 뻔뻔스럽게."

아키야마를 데리고 거실로 들어왔다.

소파에 앉게 한 뒤, 팩 홍차를 컵에 넣고 온수를 부었다.

싸구려지만, 이걸로 참아달라고 하자.

"……그런데, 아키야마."

"응~?"

홍차와 함께 함께 내놓은 스틱 설탕이 딱딱했는지 꾹꾹 풀고 있는 그녀에게 물었다.

"근본적인 질문인데, 어째서 집의 위치를 알고 있는 거죠?"

"아카네한테 물어봤습니다!"

"역시나……. 나의 개인정보를 간단히……!"

그 돼지 자식. 오늘 밤은 책임지고 전력 MP 포션 사냥을 요구하고 싶다.

"곤란했어? 다들 가본 적이 있는 것 같으니까 괜찮을 줄 알았는데."

"어차피 연락하려고 했으니까 괜찮긴 하지만."

"화이트데이 답례를 나눠주던 거지?"

"그렇습니다."

슬슬 괜찮을 것 같아서 홍차 팩을 뺐다.

오오오, 역시 마스터네 집에서 마신 홍차와 비교하면 싸구려 같은 맛이 나네.

하지만 이 익숙한 맛과 따스함이 마음을 조금 진정시켜줬다.

"그러니까 아키야마에게도 답례를 말이죠."

"아, 모처럼 왔으니까 니시무라 방에 들어가게 해줄래? 거기서 받을 거니까."

"절대로 싫습니다!"

진정했다 싶었는데 이 사람 대체 무슨 소리를 하는 거야!

"에이! 아코라면 들여보내 주잖아?!"

"아코와 같은 처지도 아니잖아."

"차~가~워~!"

그녀는 그렇게 말하면서 우우~, 하고 불만스럽게 입술을 삐죽였다.

짜증 나지 않는 아슬아슬한 지점까지 귀여움에 특화된,

굉장히 완성된 표정이지만, 아코에게 익숙한 내가 그 정도에 당하리라고 생각했다면 큰 오산이야.

"……잠깐 들어가 볼래요?"

"괜찮아? 정말로?"

"아~, 으~음……. 역시 안 돼."

"아까워라."

위험했다. 어느새 질 뻔했어!

"으으음. 그보다도 메인 이야기를 합시다."

"아, 응응! 답례, 답례!"

아키야마는 「기브 미 화이트데이!」 라고 기뻐하면서 손을 뻗었다.

세가와나 마스터와는 리액션이 전혀 다르네.

"그럼……. 자, 받아."

"와~, 쿠키? 니시무라가 구웠어?"

"여동생이 감독해주긴 했지만, 맛의 보장은 못 하거든요."

"맛있어 보여, 고마워! 지금 홍차랑 같이 먹을까?"

"그래도 가지고 돌아가 주세요."

"그럴까. 소중히 먹을게."

눈앞에서 먹는 게 부끄러웠을 뿐인데 말이지.

그나저나 아키야마는 빈말이 아니라 정말로 고마워하며 받아줬다.

더 비싼 답례를 받는 것도 익숙할 텐데, 그런데 이렇게 솔직하게 기뻐해 주다니.

이크, 답례는 쿠키만이 아니었다.

"또 하나 있는데……."

오늘 하루 내내 가지고 다니던 짐 안에서 조금 커다란 상자를 꺼냈다.

응. 아키야마는 이거다.

"자, 이것도 답례입니다."

"쿠키만 있는 게 아니었어?"

"공들인 과자를 만들어줬는데, 쿠키만 주는 것도 좀 그래서."

"에이! 괜찮은데!"

괜찮은데~, 라고 말하면서도 기뻐하는 그녀를 보니 왠지 나까지 기뻐진다.

하지만 역시 쑥스러운 건 틀림없으니까, 조금 시선을 돌리며 말했다.

"밸런타인데이는……. 초코는 아니었지만, 고마웠습니다. 앞으로도 잘 부탁합니다."

"나야말로 잘 부탁해."

살짝 바라보니, 아키야마는 내 얼굴을 똑바로 보고 있었다. 에에잇! 강철 심장이냐고, 정말! 쓰러뜨리면 소재를 떨굴 것 같다.

상자를 받은 그녀는 위로 확 들었다.

"포장되어 있네! 제대로 준비했구나!"

"그야 제대로 준비했죠."

"이런 건 처음이니까, 텐션 올라가네!"

"……그런가요?"

경험 많아 보이던데, 그렇지도 않은가?

"그렇거든~? 동생한테 주거나, 친구 초코 같은 건 있었지만, 남자한테 제대로 된 초코를 준 건 처음이었으니까."

"아니, 초코가 아니었는데. 오하기였는데."

"그건 그 뭐냐, 내가 초코를 주면 아코가 싫어하지 않을까 하는 배려였으니까! 초코보다 시간 걸렸거든?! 그냥 실질적으로 초코야!"

"알아요, 알아요."

오히려 그건 굉장히 감사하고 있습니다.

초코가 아니라 오하기였던 덕분에 아코는 냉정해졌고, 반 남자들도 의리 초코가 아닌 의리 떡이라며 웃어넘길 수 있었으니까.

"그래도, 이런 화사한 이벤트에 익숙하다고 생각했을 뿐인데."

"전혀 아닌데? 여자 전원이 남자 전원에게 초코를, 그런 것도 참가하지 않았었고……."

그러던 아키야마는 「아, 그래도」라며 싫은 추억이 되살아난 듯 살짝 눈썹을 찡그렸다.

"주지도 않은 사람에게 답례 선물을 받은 적은, 있었지……."

"그건 답례가 아니라 그냥 고백이 아닐까."

"응. 그런 느낌이었을지도."

밸런타인에 아무것도 주지 않았는데 화이트데이에 답례하러 온 건가. 인기 많은 여자는 참 힘들겠네.

……아니, 고작 네 명에게 초코(실질적 초코인 떡 포함)를 받았을 뿐인데 이렇게 고생하는 내가 보기에는, 인기 많은 남자도 힘들 거다.

"뭐, 친한 남자에게 제대로 건네주고, 제대로 답례를 받은 건 처음이라는 거야."

"그렇습니까……."

"그러니까, 이건 올라가지!"

"왜 텐션이라는 단어를 빼고 말하는 거죠?"

아키야마는 헤헤, 하고 정말로 하이 텐션으로 웃었다.

이렇게 좋아하는 걸 보니 정말 기쁘다. 쿠키는 고생해서 만들었고, 선물도 고민해서 골랐으니까, 일부러 찾아와준 그녀가 만족한다면 참 다행이다.

단지…… 큰일인데……. 상자의 내용물, 조금 실수했을지도…….

"저기……. 그렇다면, 선물은 그대로 가지고 돌아가서, 안 열고 그냥 놔두는 게 어떨까……."

"어째서?! 제대로 열 건데?!"

"아니, 열면 실망할 테니까……."

"실망?! 이거 뭔데?! 지금 열어도 돼?!"

"에이."

"에이라니 뭔데?! 그렇게 이상한 거야?!"

내가 말린 게 역효과였을지도.

아키야마는 황급히 깔끔한 포장을 뜯었다.

안에는 얇은 사각형 상자. 표면에는 활기찬 글자로 상품명이 적혀있다.

"……노트북 냉각 패드?"

네, 그렇습니다. 노트북 밑에 깔아서 열을 완화하는, 꾸물꾸물한 냉각 패드입니다. 가전제품 상점에서 샀습니다.

"아키야마. 집에서는 노트북으로 LA 한다고 들어서."

"응. 그렇긴 한데……. 내 노트북도 샀고……."

"아, 자기 걸 샀었던가? 그럼 더더욱 다행이네. LA는 가벼운 게임이지만, 역시 노트북으로 장시간 하면 열이 위험하니까, 이걸 밑에 깔면 고장을 방지할 수 있지요."

"으, 응……. 고마워……."

아키야마는 뭐라 말 못 할 미묘한 표정으로 상자와 내 얼굴을 교대로 바라봤다.

그렇지. 그런 리액션이 나오겠지! 왠지 미안!

"으~음. 선물 고르는 걸 실패했나……."

"게임을 하고 있으면 뜨거워지네~, 라는 생각은 했었으니까 기쁘지만……. 바로 오늘부터 쓸 거지만……. 뭘까, 이 기분……."

"그럴 것 같아서 열지 않아도 된다고 한 건데."

"여자아이에게 주는 선물로 문제가 있다는 걸 알고 있었으면 다른 걸 골라야지?!"

지당하긴 하지만!

나도 좀 더 센스 좋은 아이템을 고르고 싶었지만, 알 수가 있어야지!

"리얼충이 원하는 물건이라니, 내가 알 리가 없잖아요……!"

"내가 기뻐하는 걸 고르면 되지 않을까?!"

"그렇게 생각해서 노트북 냉각 패드가 된 것이라서."

"기쁘긴 하지만, 이게 아니고!"

아키야마는 기뻐해야 하는 건지 화내야 하는 건지 애매한, 참으로 곤란한 표정으로 말했다.

"다른 사람에게도 답례 선물 줬지? 이런 분위기 없는 걸로 했었어?"

"아니……. 세가와에게는 귀여운 헤어 고무를……."

"나의 대우가 이상하다고 생각해!"

돼지 저금통과는 똑같은 레벨이라고 생각하니까 양해해 주세요.

그런 말을 해도 커버가 되지 않으므로, 미안하다며 고개를 숙였다.

"으음……. 전부터 생각하던 건데, 니시무라는 나를 여자아이 취급하지 않는 느낌이 들어……."

"그렇지는 않은데요. 오히려 이렇게 정중하게 이야기하고 있잖아요."

"그 경어도 필요 없으니까!"

"무리한 말을!"

"무리한 말은 하지 않았어!"

경어를 그만두라니, 무리한 말씀을 하시는군요.

친한 척 굴기라도 하면 우리 반 남자와 여자가 모두 차가운 눈으로 보게 된다고.

그런 나의 마음을, 아마 알고 있겠지만 신경 쓰지 않는 아키야마는 하아, 하고 크게 한숨을 내쉬었다.

"역시, 니시무라네 집에 와서 다행이야."

"엥?"

"잠깐 이 기회에, 니시무라하고 단둘이서 제대로 이야기를 해두려고 합니다."

"아~, 으으음. 이제 용건은 끝났으니까, 역까지 바래다줄까요."

"돌려보내려고 하지 말고!"

아키야마는 조금 식기 시작한 홍차를 쭉 들이켰다.

"한 잔 더!"

"한 잔 더 마실 때까지 돌아가지 않을 생각입니까."

에에잇, 어쩔 수 없지. 홍차를 한 잔 더 준비해서 테이블에 올려놨다.

어떻게든 구원요청을 할 수 있으면 좋겠지만, 아키야마에게 정보를 누설한 세가와는 이미 자고 있을 거고, 마스터는 시노하라 씨를 상대하느라 바쁠 거다.

여기서는 정면에서 각오를 다지고 이야기할 수밖에 없나.

……뭘 이야기하려는 거지. 역시 설교?

"그래서…… 이야기라니, 뭘?"

"니시무라와 아코의, 나를 향한 대우가 안 좋은 건에 대해서!"

아키야마는 아까 쓰지 않았던 스틱 설탕을 테이블에 탁탁 두드리며 말했다.

"나, 이건 개선이 필요하다고 생각합니다! 어떻습니까!"

"중요한 의견을 받았습니다. 긍정적으로 검토하도록 하겠습니다. 오늘은 감사했습니다."

"잘라내려고 하지 말고!"

"아키야마 나나코 씨의 앞날을 기대하고 있겠습니다."

"답례 메일 보내지 마!!"

말한 뒤에 그녀는 푸흡, 하고 뿜어버렸다.

"정말~, 웃겨서 얼버무리려 하는 거 치사해!"

"아니, 그럴 생각은 없었는데."

평범하게 한 대화였는데.

애초에 그렇게까지 대우가 안 좋지는 않았던 것 같은데

말이지.

"으~음……. 진지하게 이야기하자면, 아코는 정말로 싫어하는 상대와는 대화조차 하지 않고, 나도 안 되는 상대라면 집에도 들이지 않으니까……. 그보다, 갑자기 집에 찾아와서 홍차를 한 잔 더 받아놓고, 대우가 안 좋다고 말하는 건 횡포가 아닐지……."

"그, 그런 의미로 대우가 안 좋다고 말하는 게 아니거든?"

약간 제멋대로 한다는 자각은 있었는지, 아키야마는 얼버무리듯 손을 흔들었다.

"왠지 말이지. 우리는 친하잖아? 응. 그건 알고 있어. 알고는 있는데, 좀 더 겉으로 내보이자!"

"겉으로……?"

"그래! 모두에게 사이좋다는 어필! 경어도 그만두고, 이름으로 부른다거나. 응?"

"뭐? 대체 무슨 소리를 하는 거야, 나나코?"

"갑자기 DV 남친처럼 되어버렸는데?!"

데이트 폭력

"보통은, 『대체 무슨 소리인가요, 아키야마?』 이렇게 된다고요? 봐요, 그만두는 게 낫잖아요."

"우선 부정할 필요가 없지 않아?! 그거 나의 대우가 안 좋으니까 말이 나빠질 뿐이지?!"

우리는 그렇게 논쟁하고 있었지만.

이렇게 말하고 있으면, 「아니, 상대가 이렇게 말하고 있으니까 그냥 친하게 지내면 되지 않느냐」라고 생각하는 사람도 있을 거다.

하지만, 나로서는 이유가 필요합니다.

우리 반 여자 그룹에서 굉장히 굉장히 위쪽에 자리하는 그녀에게 친한 척 구는 게 무섭다는 것도 물론 있지만, 그것만은 아니다.

"이제 곧 1년이 되어가는데, 나의 지위가 안 올라가네……."

"충분히 올라갔다고 생각하는데."

"모두의 마음속에서 중요한 포지션을 차지하고 싶어! 아직 아코와 니시무라의 절친 슬롯, 비어있지?!"

"그건 미구현되었습니다."

"구현 예정은 언제야? 나만 필터가 걸려있는 거 아냐?"

이렇게 대충대충 대할 때의 아키야마가, 뭐랄까, 무척이나 기뻐 보인단 말이지.

이유는 잘 모르겠지만, 「역시 대단하네~, 굉장하네~, 동경하게 되네~」라고 말하는 것보다는 우쭐대지 말라고 허접 서머너라고 말하는 쪽을 더 기뻐한단 말이지, 이 사람.

그래서 나의 사정과 그녀의 리액션을 생각해서, 왠지 모르게 거리를 두는 식으로 이야기하고 있는 점도 있다.

"으으……. 거북한 게 아니라 친하다는 건 확인할 수 있었으니까, 일단은 넘어가기로 할래……."

"그렇게 기쁜 듯이 시무룩해지면 조금 더 해보고 싶어지는데."

"니시무라는 가끔 사악한 표정을 짓네?!"

"훗훗훗. 이 얼굴을 보여주는 건 당신뿐이야……"

"기~쁘~지~ 않~아~!"

이렇게 대충대충 이야기하는 시점에서 실은 굉장히 친한 거다.

그나저나 새삼스럽지만, 아키야마는 어째서 이렇게까지 나나 아코와 친해지려고 하는 걸까.

세가와가 있고, 게임이 즐거워서라는 이유로 부에 찾아오는 건 알겠지만, 우리한테까지 관여하지는 않아도 될 텐데.

으음~. 그렇게 생각하고 있는데, 아키야마가 내게 손을 내밀었다.

"그럼 기왕 이렇게 됐으니까, 니시무라한테는 질문 없어?"

"질문……? 아니, 딱히."

"없어?! 나한테 좀 더 흥미를 가져줘!"

"흥미가 있기는 하지만 말이죠."

없지는 않지만, 이것저것 묻는 것도 미안하니까.

예를 들어, 어째서 나와 아코에게까지 관여하려고 하는지 묻는 건 너무 비겁하겠지.

으음~, 그밖에 떠오르는 건…….

"아. 그럼 이상한 의미가 아니라 평범하게 묻는 건데."

"응. 뭔데, 뭔데?"

"아키야마는 남친 없습니까?"

"……어?"

순간 어리둥절한 아키야마는 안심한 기색으로 말했다.

"아, 아까 밸런타인에 초코를 준 적이 없다고 말했으니까?"

"그겁니다. 그겁니다."

이상한 의미가 아니라고 먼저 말하지 않았다면 좋지 않은 착각을 하지 않았을까.

"남친은 없어~. 그보다 있던 적이 없거든. 그거, 아카네가 자주 말하는 남친 없는 경력=나이?"

"그렇게는 안 보이던데……."

"실례잖아~!"

"칭찬하려던 건데!"

인기가 많아 보이니까 의외인 건 틀림없기는 하다.

애초에 초코를 주지 않은 상대에게 답례 선물을 받았다고 말할 정도니까, 마음껏 고를 수 있는 처지일 테니까.

"소문 같은 건 별로 못 들었지만, 고백도 받아본 적이 있지 않나?"

"없지는 않지만……. 그럴싸한 라인을 받기도 했고."

"흐응, 라인이구나."

몰래 라인으로 고백하는 경우도 있구나.

아키야마. 그런 걸 자랑처럼 말하지 않으니까, 밖에서는 모른단 말이지.

"그래서, 시험 삼아 사귀어보자는 생각은?"

"전혀 없어. 오히려 그렇게 가볍게 보여?"

아키야마는 머리색 문제인가? 라면서 머리끝을 잡았다.

아뇨아뇨, 그런 건 아니라고요.

"그건 오해예요. 그게, 아키야마는 아코한테도 좀 더 긍정적인 챌린지 정신을 가지고 뭐든 해보라고 말하잖아요?"

"나, 그렇게 힘내라 힘내라, 할 수 있어 할 수 있어, 라고 말하는 분위기였나⋯⋯?"

"분명 할 수 있어, 힘내라, 좀 더 할 수 있어, 마음의 문제일 뿐이라고 말했었는데요."

"그런 열혈 넘치는 말을 한 기억은 없거든?!"

뭐, 대충 그런 분위기였으니까.

"그러니까, 우선은 친구부터라는 느낌으로 친해져 보자고 할 것 같아서."

"으~음⋯⋯ 사귄다면, 둘이서 외출하거나 하잖아? 남자와 단둘이서라니, 조금 곤란하니까~."

"그런가요."

"나도 멘탈은 강한 편이라고 생각하지만, 역시 마음이 진정되지 않을 것 같거든~?"

뭐, 단둘이라면, 친한 상대가 아니면 거북하겠지.

특히 아키야마는 누구와도 이야기를 맞출 수 있는 타입이니까, 상대만 즐기고 자신은 힘들기도 할 것 같다.

—저기. 아까부터 나와 단둘인데요.

"나는 괜찮은 겁니까?"

"응. 니시무라는 딱히 괜찮아. 특별해, 특별해."

아키야마는 태연하게 말했다.

이크. 이거 곤란한데요.

"같은 부 활동의, 신부…… 여친…… 뭐, 여친으로 하자. 여친이 있는 사람에게 특별하다고 말하는 건가요, 아키야마? 이거 아코가 들으면 유죄인 게……."

"어? 아, 아냐 아냐! 그런 의미가 아니라!"

"틀림없는 서클 크러셔 발언! 설마 의도적인 서클 크러셔 행동인가요~, 아키야마 나나코 씨~!"

"정말로 솔직하게 말했을 뿐이고, 이상한 의미는 없어!"

"여기서 추가 공격! 그런 점이라고, 최종 보스! 그런 점이!"

"아니라니까! 최종 보스라니 뭔데?!"

아키야마는 필사적으로 고개를 내저었다.

진심으로 하는 말이라는 건 알지만, 그런 걸로도 아코는 폭발한다고!

"뭐, 농담은 넘어가고. 그래도 이 사람 좋네~, 라는 상대, 과거에는 있지 않았나요? 친해지지 않았던 건가요?"

"아~, 으~음……."

아키야마는 떨떠름한 표정으로 뭔가 입을 우물거렸다.

그리고, 목소리를 줄이고는 어딘가 부끄러운 듯 말했다.

"저기, 실은 말이지. 나, 사랑이라는 걸 별로 믿지 않아서……."

"……네?"

뭐지, 약간 중2병 같은 말을 꺼내고 있는데.

극히 일반적으로 2차원에 첫사랑을 바쳤던 나로서는 이해할 수 없는 이야기다.

"그건 저기, 나는 인간의 감정을 믿지 않는다, 뭐 그런?"

"딱히 멋있는 분위기를 내려던 게 아니라! 저기…… 나도, 이게 사랑일지도 모른다고 생각한 적은 있거든?"

"평범하게 사랑을 해봤다고 말하면 되지 않나."

"그래도 말이지~. 정말로 사랑인지도 잘 모른 채 뭐, 됐어~, 라고 신경 쓰지 않다가, 그 마음도 어딘가로 사라져버렸어."

"자기 마음속으로 정리를 끝내버리면 어떻게 합니까."

이 사람, 자기 처리 능력이 너무 높아!

연애 감정을 제어하고, 불필요한 것으로 여겨서 쓰레기통에 버린 거 아닌가.

"보통은 행동력의 화신이니까, 조금 정도는 충동에 몸을 맡기고 행동해보죠."

"그래도 사랑한다 사랑한다 아무리 말해본들 정말로 좋아하는지는 의심스럽지 않아?"

"……무슨 뜻이죠?"

정말로 좋아하는지 의심스럽다니, 무슨 소리? 좋아한다고 말했지만 착각이었고, 사실은 좋아하지 않았다거나? 아코에게 그런 말을 들으면 나는 죽거든?

"그게 말이지. 친구가 이 사람이 남친이야~, 라고 말하면서 소개해준 일이 가끔 있었는데."

"있는 모양이네요."

나는 경험 없지만, 리얼충 가운데서는 남친이나 여친을 친구 그룹에 넣는 일이 자주 있다는 소문을 들은 적이 있다. 나는 경험 없지만. 나는, 경험 없지만.

"근데 말이지. 그렇게 소개한 남친이 나중에 나에게 연락해왔어. 처음에는 잡담이었는데, 점점 끈질겨졌고, 마지막에는 다음에 둘이서 놀러 가자는 거야."

"……어? 뭐어?!"

"그래! 뭐어? 라는 생각 든다니까! 뭐어? 라고!"

아키야마는 그치! 그치! 라며 몸을 앞으로 내밀었다.

위험해. 리얼충의 생태 무서워. 아니, 리얼충이라기보다는 못된 녀석의 생태인가.

"정말로 있었던 무서운 이야기네……."

"그치? 그러니까 연애다 사랑이다 해도, 전혀 믿을 수가 없는걸. 카오하고 자키는 몇 번이고 헤어졌다가 사귀거나 그러고!"

"그야 뭐, 나와 아코도 아니니까. 계속 친하게 지내는 일은 별로 없겠죠."

"응, 그거!"

아키야마는 웬일로 콧김을 거칠게 뿜으며 내게 손가락을 내밀었다.

"그 점에서, 아코와 니시무라는 대단해! 두 사람이 제대로 사랑하고 있다는 걸 나라도 알 수 있는걸! 나한테는 없는 걸 가지고 있으니까, 그게 굉장히 빛나 보이고, 굉장히 부러워!"

"빛나고 있······는 걸까······."

"빛나고 있어!"

그녀는 반짝반짝, 그야말로 정말로 빛나는 표정으로 나를 바라봤다.

나와 아코는, 오히려 흐리멍덩하고 어두운 느낌인데.

"부럽다······고 생각하는 건 의외네."

"에이, 이상하네. 평생 함께라고 생각할 수 있는 파트너를 벌써 만난 거, 굉장히 자랑할 수 있는 일이잖아?"

아키야마는 정말로 부럽다는 듯이, 눈부시다는 듯이 말했다.

응. 어쩐지 여러모로 납득하게 되었을지도 모른다.

이게 분명, 나와 아코에게 오랫동안 관여하려고 했던 이유 중 하나. 그녀가 아직 실감하지 못하는 마음을 우리가 가지고 있는 것처럼 보였기 때문이겠지.

—하지만, 그건 그리 커다란 건 아닌 것 같다.

"······뭐지. 무적의 아키야마가 제대로 연애를 해본 적이 없다고 생각하니, 위에 올라선 것 같아서 기분이 나쁘지 않네."

"그런 걸로 위에 서려고 하지 말아줘~."

"훗훗훗. 분하면 남친을 만들어보시지."

"으윽. 니시무라는 아코가 없으면 어떻게 됐을지 생각해 봐~."

"가, 가정의 질문에는 대답해드릴 수 없습니다!"

이렇게 서로 제멋대로 이야기하는 걸 아마 좋아하는 게 아닐까. 적어도 나는 굉장히 즐겁다.

"아코도 가끔은 『근사한 남편이 있어요~ 부럽죠~』라고 자랑한다니까~."

"달리 자랑할 것이 캐릭터 레벨 정도밖에 없으니까."

"아냐⋯⋯. 나도 연인 만들어볼까⋯⋯."

"마음에 드는 사람 없나요?"

"으~음. 가족을 제외하면, 제일 좋아하는 사람은 아카네가 되어버리네."

"와버렸⋯⋯."

"오지 않았어요."

이 녀석. 와버렸어요[1]라는 말의 의미를 알고 있군!

매일 성장하고 있구나, 아키야마!

"그래도, 게임에서는 동성 결혼도 가능하니까."

"나와 아카네는 평범하게 이성 캐릭터잖아⋯⋯. 아, 맞다 맞다."

#1 와버렸어요 애니메이션 『스트로베리 패닉!』에서 등장하는 대사. 본 작품은 남자가 한 명도 등장하지 않는 백합 작품으로, 등장인물 사이에서 백합 전개가 펼쳐질 때 쓰이는 밈이 되었다.

손을 탁 두드렸다.

"이 기회에 묻고 싶은 거, 또 있었어."

"또 있나요? 이렇게 되면 뭐든지 물어 주시죠."

아코와 친해진 계기라든가 슈바인이나 마스터와의 만남이라든가, 뭐든 이야기해주겠어.

내가 그렇게 마음을 다지고 있는데, 아키야마는 나에게 휴대폰을 휙 내밀었다.

으으음, 이건……. 게임 화면을 직접 사진으로 찍은 건가? 열악한 영상에 여느 때의 세테가 비치고 있다.

"실은 말이지. 세테의 스테이터스 포인트와 스킬 포인트, 꽤 남아서……. 어디에 투자할지 상담 좀 받아주지 않을래?"

"……응?"

그 말을 듣고 바라보니, 캐릭터명 세테의 스테이터스에는 대량으로 남은 포인트가 있었다.

오우. 이건 아깝네.

"그러고 보니, 조작 같은 건 몰라도 스탯 투자 같은 건 별로 상담하지 않았었네요. 시뮬레이터를 켜서 잠깐 검토해볼까요."

"시뮬레이터 같은 게 있어?! 하고 싶어, 하고 싶어!"

거실에 있는 가정용 노트북을 켜서 캐릭터 시뮬레이터를 공개하고 있는 사이트를 열었다.

세가와와도, 마스터와도 현실 이야기만 했었는데……. 설마 아키야마와 게임 이야기를 하게 되다니. 오늘은 별난 일이 많이 일어난다.

하지만 실은 조금 신경 쓰였다. 크게 도와주거나 하지 않았는데도 엄청난 기세로 레벨을 올리고 있는 세테 씨가 게임에서 대체 뭘 하고 있는지. 이 기회에 잠깐 물어볼까.

†††　†††　†††

아키야마에게 서머너 육성에 관한 상담 요청을 받는다는, 설마 하던 사태.

세가와하고 상담하고 있다고 생각했으니까 조금 의외였지만……. 힘이 되어줄 수 있다면 얼마든지 상담을 받아줘야겠지.

하지만, 그전에 하나.

"일단 처음에 말해두고 싶은데."

"응?"

"거 리 가 가 까 워 요."

"에엑?!"

노트북 앞에 앉은 나.

그리고 그 바로 옆. 바로 지근거리에서 함께 모니터를 보는 아키야마.

명백하게 거리가 가깝다. 이건 아코의 거리라고. 아니, 아코는 더 가깝지만.

"진정이 안 되니까, 조금 떨어져 주시죠."

"세테는 내 캐릭터인데~!"

"그럼 아키야마가 화면 앞에 있고, 내가 떨어져도 되는데!"

어느 쪽이든 좋으니까 떨어지기만 하면 된다고!

그리고, 아키야마에게 부탁한 세테의 계정으로 로그인했기에 현재 스테이터스는 게임 화면에서 알 수 있다.

"스테이터스 포인트가 꽤 남아있네요……. 스킬 포인트도 은근히……."

"아까우니까 전부 쓰지는 않았어. 역시 이런 건 효율이 안 좋은 걸까?"

"아니, 이러는 사람도 꽤 있죠. 일단 포인트를 남겨두는 타입."

커다란 길드에도 이런 신중파가 한두 명 정도는 있다.

포인트를 온존하다가 부족하다고 생각한 스테이터스에 투자하거나, 꼭 필요한 스킬에 투자하는 사람이다.

"아키야마가 이렇게 하는 건 의외였지만. 좀 더 분위기에 따라 투자하는 줄 알았는데."

"지금 필요하지 않은데 쓰는 거, 낭비 같아 보였거든."

"다음 사냥터를 생각하면 헛수고가 되는 일은 없겠지만, 다음 예정은?"

"전혀 없어. 지금은 뭘 해야 좋을지 몰라서, 매번 친구한테 묻고 있어."

"진심입니까……."

레벨을 올리면 이걸 한다, 최종적으로 여기를 간다, 그런 목표가 전혀 없었단 말인가.

그보다 오히려 어떻게 레벨을 올리고 있는 거지?

우리와 놀러 갈 때는 당연히 있었지만, 그때 말고도 혼자서 레벨을 팍팍 올리고 있었잖아.

"아키야마는 어떻게 레벨을 올리고 있죠? 뭔가 모르는 사이에 친구도 늘어났던데."

"평범한데? 으음, 처음에는 마을 근처에서 약한 몬스터를 찾아서."

"그 녀석들을 사냥해서―."

"싸우는 사람에게 말을 걸어서."

"말을 걸었다고?!"

그쪽?! 몬스터가 목적인 게 아니라, 그것과 싸우는 사람이 목적?!

"같이 놀지 않을래요~? 라고 권유해서 같이 했는데?"

"그렇게 평범하게 파티를 맺는군요……."

"혼자서 싸우는 사람에게 말을 거는 일이 많지만, 열 명 중 세 명 정도는 무시하더라? 그래도 일곱 명 정도는 대답을 주던데?"

"은근히 대답해주네요."

뭐, OK 할지 말지는 둘째치더라도, 대답 정도는 하려나.

"그래서, 대답해준 일곱 명 중 세 명 정도는 같이 놀아주는 느낌."

"우와~, 이해가 가는 숫자다."

나름대로 오래 이어져 온 중규모 온라인 게임으로 정착한 레전더리 에이지.

지금은 신규 유저도 줄어든 이 게임에서 초심자 같은 플레이어가 말을 걸어오면, 뭐 3분의 1 정도의 사람은 내버려 두지 않을 것이다.

"특히 마을 근처에서 사냥하는 레벨이라면 진짜로 초심자니까. 소중히 길러줘야지."

"아, 응. 마을 바깥 맵에서 같이 놀았던 사람이 도중에 강한 사람을 불러줬는데, 이후에는 어느새 레벨이 오르고 친구도 잔뜩 늘어났었어."

"그렇겠죠!"

초심자 같은데도 왠지 즐거워 보이는 세테 씨, 내버려 둘 수 없는 타입이니까!

화면에 표시된 세테 씨의 친구 창은 그야말로 엄청난 숫자였다.

그곳도 로그인 비율이 높은 걸 보니, 액티브 플레이어를 핀 포인트로 골라냈다는 걸 알 수 있다.

"그 사람들한테 적정 사냥터? 라는 걸 들었거든. 또 거기서 싸우는 사람에게 말을 걸어서 이것저것 배우거나, 같이 놀기도 했어."

"과연…… 그야 친구도 늘어나려나……."

노는 사이에 멋대로 레벨이 오르고, 스테이터스를 별로 투자하지 않아도 싸울 수 있는 거다.

그러나 친구가 많으니까 질문할 상대는 얼마든지 있어 보이는데…….

"……아아. 육성 방침을 정하지 않았었나."

"응. 왠지 모르게 필요한 것만 투자하고, 추천받은 스킬을 쓰고. 이후에는 모르니까 남긴 거야. 그래도 모두와 함께라면 괜찮았고."

흠흠. 방침을 아무것도 정해지지 않으면 자신감 있게 스탯 투자를 할 수 없지.

언제 뭐가 필요한지 모르니까, 어떤 능력을 키웠다가 헛수고가 될 가능성을 생각하게 되기 때문이다.

그렇다면 일단 완성형을 정하고 싶다.

"우선 육성 방침이네요. 어떤 타입의 서머너……. 데몬 마스터를 목표로 삼을 거죠?"

"그게 정해지지 않는단 말이지~."

"대략적인 방향성 같은 건?"

"전혀 없어!"

"태평하네!"

아무런 방향성도 정해지지 않은 채 레벨만 이렇게 올린 거냐고! 벌써 100도 머지않았는데?!

확실히 스테이터스는 상당한 밸런스형이어서 레벨 90 이전의 아코 같은 상태이긴 하지만!

"공략 위키 같은 건 평범하게 보고 있잖아요? 그런데 왜 아무것도 정하지 않은 거죠?"

"그야 위키라고 해도 던전 정보나 퀘스트에 대한 것만 적혀있지, 직업 육성하는 법 같은 건 전혀 적혀있지 않은걸."

"그렇지는……. 아아, 꽝 위키 쪽을 보고 있는 건가."

"꽝 위키?"

"오히려 위키 비스무리라고 해야 할지도. 위키라고 적혀있는데 어째서인지 편집을 못 하고 광고도 대량으로 있는, 그다지 도움이 안 되는 이상한 사이트죠."

"아! 맞아, 맞아! 그런 느낌! 위키다~ 하고 떠받들 만큼 도움이 되진 않는다고 살짝 생각했었어!"

"그쪽을 보고 있었나……. 그야 육성 정보가 없을 만하네……."

최근에는 위키 같은 형식에 위키 같은 사이트명을 쓰지만, 여기저기에 제휴 사이트 광고가 붙어있고 관리자밖에 편집할 수 없는 위키 비스무리 사이트가 횡행하고 있다.

그런 건 위키라고 자칭하고 있을 뿐인 영리 목적의 개인 사이트가 기업 사이트다.

아니 뭐, 위키의 정의로 보면 개인 사이트나 기업 사이트도 위키이긴 하지만……. 쓰는 쪽에서 보면 비슷하단 말이지.

"조사해도 게임 안에서도 알 수 있는 것밖에 적혀있지 않고, 육성 방침이나 완성형 같은 건 전혀 적혀있지 않았겠죠."

"맞아. 그래서 그냥 지금 필요해 보이는 스테이터스를 조금씩 올릴 수밖에 없어서……."

그런 자칭 공략 위키 사이트는 애매한 데이터밖에 없거나, 내용이 편중되거나, 부분적으로 복붙하거나 해서, 도움이 되고 믿을 수 있는 정보가 매우 적다.

예를 들어 스킬에 대해 조사해보려고 해도 『썬더 스피어 : 뇌속성 마법 대미지를 준다』라는 식으로, 게임 안에서 보면 알 수 있는 데이터밖에 적혀있지 않다.

이쪽이 원하는 자세한 정보, 스킬 레벨에 따른 사정거리나 위력 배율, 대미지 계산식, 소비 MP, 숙련도 상승에 따른 효과나 실제 사용감 같은 건 전혀 알 수가 없다.

그야 직접 조사하라고 한다면야 그 말이 옳지만, 아무튼 그런 사이트는 도움이 될 리가 없다.

"최근에는 공략 사이트를 조사하는 것도 일정 수준의 스킬이 필요하니까. 인터넷도 참 쓰기 힘들어졌단 말이지."

"그렇게 베테랑처럼 말하는데, 니시무라가 온라인 게임 시작한 것도 최근이잖아?"

"이런 사이트가 늘어난 것도 정말로 최근 몇 년이라서. 내가 시작한 무렵에는 그나마 멀쩡한 위키가 다수파였어요."

옛날에는 멀쩡한 공략 사이트가 많아서 편리했다.

오히려 이제는 그런 사이트에 위키가 밀리고 있어서, 쓸만한 정보를 찾는 것도 고생이다.

이 게시판은 어째서 답글의 절반이 애드센스 클릭을 부탁한다고 적혀있는 거야……. 어째서, 어째서…….

이런 회상이나 하고 있을 때가 아닌가.

"그래도 그런대로 LA를 해왔으니까, 서머너의 정보도 조사할 수는 있죠. 으으음, 믿을 수 있는 블로그하고 직업별 게시판 정리 위키가 있어서……."

"레전더리 에이지의 서머너 공략법, 같은 걸로는 안 나오더라."

"그 검색법이면 광고 사이트 일직선이니까."

아주 옛날부터 있던 명언인데, 거짓말은 거짓말이라고 간파할 수 있는 사람이 아니라면 알아채기 어렵다.

인터넷의 세계도 각박해졌단 말이지.

"여기가 서머너의 직업별 게시판 정리 위키, 실질적인 서머너 공략 위키에요. 기억해둬요."

"네, 선생님! 스마트폰에 즐겨찾기 해놔야지!"

"누가 선생님인가요."

명백하게 아키야마 쪽이 인생의 선생님인데.

그녀는 호기심으로 가득한 눈동자로 스마트폰 화면을 바

라봤다.

"우와~, 이것저것 적혀있어! 무땅은 펜리르니까…… . 응? 중요 테크닉, 하울링 러시……?"

"그런 기술은 무시해도 되니까, 좀 더 대략적인 부분부터 보죠. 일단 서머너란? 같은 부분부터."

"아, 그거 신경 쓰여! 다들 탱커나 딜러나 힐러라고 말하는데, 서머너는 뭐야?"

"기타 등등입니다."

"대우가 나빠!"

"나쁘게 말하는 게 아니라고요. 기타 등등이라고밖에 말할 수가 없거든요."

직업만으로는 뭐라고 확정하기 힘들다고나 할까.

"서머너라는 건, 단순히 말하면 만능직입니다."

"만능?! 강해 보여!"

"강한지 어떤지는 사람에 따라 다르죠."

"만능인데 약해?"

"만능과 무적은 다르다고요."

그야 서버 최강의 서머너라면 엄청 강하겠지만, 평범한 서머너는 만능이긴 해도 무적은 아니다.

"뭐든 할 수 있지만, 뭐든 완벽하게 할 수 있는 건 아니라서. 만능직이라기보다는 자기완성형 직업이라는 느낌이네요."

"자기완성…… . 필요한 걸 스스로 할 수 있으니까 만능이라는 거야?"

"이해가 빠른 사람에게 이야기하는 건 편해서 좋네."

이야~, 아코와는 정말 다르다.

아코에게 가르쳐줄 경우, 자칫하면 만능이란 무엇인가라는 부분부터 설명해야 하니까.

"서머너 본체의 버프는 거의 소환수만 적용되고, 서머너 측에서 소환수에게 쓸 수 있는 회복 스킬도 있어서 탱커도 맡을 수 있으니까요. 굉장히 솔로용이죠."

"그 주변 사람도 스턴시킬 수 있는 스킬은 1인용 같았어."

"그건 대표적인 솔로 스킬이니까요."

서머너 본체와 소환수, 혼자서 파티를 맺고 있는 셈이다.

그것도 서로 버프를 걸어주고, 회복도 가능하다. 이러니 단독으로도 완성된 직업이라 불리는 거다.

"소환수 중에는 디버프가 강한 녀석, 버프가 강한 녀석, 원거리 근거리 등등 종류가 다양하니까, 혼자서 나눠 쓴다면 모든 상황에 대응할 수 있다고요."

"편리하지만……. 왜 그런 식으로 만든 걸까?"

"모두가 전부 파티 플레이를 좋아하는 건 아니니까요. 혼자서 뭐든 할 수 있는 캐릭터를 하고 싶은 사람도 있죠."

"1인용 수요에 맞춘 직업이었구나……."

멍멍이를 파트너로 삼아서 혼자 여행하고 싶은 사람은 크게 기뻐하겠지.

동료가 많은 아키야마에게 어울리느냐 묻는다면 조금 미심쩍긴 하다.

"미즈키가 쓰는 몽크 계열도 그런 느낌이려나. 콤보를 기준으로 삼은 딜링과 자기 회복이 있어서 내구력도 좋은 솔로 직업이죠."

"그렇구나. 제대로 여러 사람의 희망에 부응하고 있네."

아키야마는 그렇게 말하면서 슬쩍 시선을 위로 올렸다.

위에 틀어박혀 있는 미즈키를 부르는 게 나으려나. 다음 달부터는 아키야마가 선배고, 그것도 은근히 적으로 돌리지 않는 게 나은 선배이니만큼, 인사 정도는 해두는 게 좋을 거다.

하지만 평소의 미즈키는 남에게서 도망치는 일은 하지 않는다.

뭔가 이유가 있어서 숨은 거라면, 끌어내는 건 미안한 짓일지 모른다.

"솔로 직업……이라는 건, 나도 솔로로 해야 하는 거야? 모두와 함께 파티를 맺어도 도움이 안 된다든가?"

아키야마가 불안한 듯 물었다.

아니, 딱히 솔로가 어울리는 직업이라고 해서 솔로밖에 할 수 없는 건 아니다.

"여러모로 도움은 되거든요? 파티용 스킬도 있고, 뭣하면 솔로용이 아니게 육성하면 될 뿐이라서. 으음, 현재 데블 서머너 스타일에서 파티용인 건……"

"스타일이 있어? 어떤 식으로 육성하면 돼?"

"파티형으로 흔한 건, SAD 세미아라형 펜리르인가."

"……응? 에스에이디……?"

"I극암단 리치도 많은 것 같네요. 나머지는 파티 전용으로 DVI 플랫아라하피 서폿도 되려나?"

"잠깐잠깐잠깐! 오랜만에 외국어가 왕창 나왔어! 옛날의 카라사와카라사와 같은 거!"

"그것보다는 알기 쉬운데……."

그냥 약칭인걸요. 으으음, 설명하자면 이렇다.

"SAD 세미아라형 펜리르는, STR, AGI, DEX 순서대로 투자해서 딜링을 특화하고, 부족한 내구력은 펜리르와 타깃을 분담하는 것으로 보충하는 스타일이에요."

"처음의 영어는 스테이터스의 약칭이구나."

근력인 STR, 민첩인 AGI, 기술인 DEX에 투자해서 공격력, 공격 속도, 명중률을 확보한다. 한 대 맞으면 죽지만, 그건 전위에 있는 펜리르와 둘이서 어떻게든 피한다는 발상이다.

혼자서 두 명을 완전히 조작할 필요가 있으니까 꽤 힘들지만.

"그리고 파티라면 서브 딜러밖에 되지 못하니까, 최소한으로 아라크네 소환과 바인드 웹을 넣어서 아슬아슬하게 파티 공헌도를 확보하는 식이죠. 조금은 INT에 투자해도 되니까, 세테 씨가 목표로 삼기 쉬운 형태네요."

"정작 그 아라크네에 대한 걸 아무것도 모르는데!"

"세테 씨, 펜리르 말고는 소환할 생각이 없죠……."

펜리르— 무땅 말고도 퀘스트를 클리어하면 여러 소환수를 쓸 수 있다.

그러나 익히려면 포인트도 필요하고, 동시에 다수를 부를 수는 없으니까 하나로 한정해도 전혀 문제는 없다.

"게다가 무땅 말고는 쓸 생각 없죠?"

"응. 나는 무땅과 함께 한 명&한 마리로 힘낼 거니까!"

"그것도 좋죠. 하나에 전부 투자하는 게 강하니까."

결의로 가득한 표정을 짓은 아키야마를 보자 나도 고개를 끄덕이며 말했다.

실제로 I극 리치도 그런 느낌이다.

"그런 느낌으로 리치에 투자하면 I극 리치가 돼요. 상성으로는 암속성 단일이 강하니까, I극암단 리치가 주류죠."

"마법 공격력을 올린 리치로 마법을 계속 쓰는 거지?"

"네. 소환수가 주체라고 불리는 타입이에요."

마법 공격력을 올리는 INT, 지력에 투자해서 딜을 올리는 스타일.

오싹한 모습의 리치가 마법을 계속 날려대는 대포형 서머너다.

후위니까 편해 보이지만, 본체도 소환수도 방어면에선 약한 데다 어느 쪽도 죽을 수 없으니까 꽤 난도가 높은 스타일이기도 하다.

솔로로 하기도 힘들고.

"그래도 전혀 INT 올인이 아니니까, 세테 씨가 쓰기에는 무리인가."

"으~음. 그럼 마지막의 DV 남친 같은 건?"

"그거, 마음에 든 건가요……."

DV 남친이라는 워드, 아까도 말했잖아.

"DVI 플랫아라하피 서폿은 DEX, VIT, INT를 평균적으로 투자해서 디버프 성공률, 내구력, MP를 확보하고 아라크네의 디버프와 하피의 버프로 활약하는 서포터형이에요."

"서포트도 할 수 있구나! 즐거워 보여!"

"특화하면 댄서의 하위 호환 같은 무언가가 될 수 있죠."

"하위 호환이야?!"

"부분적으로는 이기는 점도 있지만……."

버프에 올인한 댄서가 있으면 캐릭터 스펙이 다른 사람처럼 변하니까, 그와 비교하면 역시 뒤떨어진다.

애초에 특정 장르에 한정한 시점에서 서머너가 최강이 되는 건 불가능하다.

"그보다 말이죠. 처음에 말했듯이 서머너는 만능직이에요. 그래서 뭔가에 특화해서 만들면 반드시 무언가의 하위 호환이 되죠."

"뭐어! 왜 그렇게 되는 거야~?"

"그야 만능직이니까, 특화직의 특기 장르에서 이겨버리면 밸런스가 엉망이 되어버리잖아요."

예를 들어 서머너가 탱커인 나이트보다 단단하다면 루시안의 존재 가치가 제로가 된다.

만능 직업인 이상, 한계치가 낮은 디자인이 되는 건 어쩔 수 없다.

"그래서 파티용으로 특화한 빌드는 딱히 그렇게 인기가 많은 건 아니에요."

"으~음. 그럼 어떻게 해야 해?"

"그러니까 말이죠. 결국 서머너는 하고 싶은 대로 하는 게 최고예요."

"……뭘 하더라도 어중간하니까, 하고 싶은 대로 할 수밖에 없다, 그거구나."

"그런 셈이죠."

모두가 이래라저래라 말하지 않는 건, 서머너는 취향이 확실하게 갈리는 상급자용 직업이기 때문이다.

처음부터 초심자용이 아니라는 건 알고 있었지만, 본인의 희망이 제일이니까.

"그러니까 아키야마가 어떻게 하고 싶은지가 문제려나. 그에 맞춰서 추천 빌드…… 스테이터스와 스킬, 장비 구성을 생각해야겠죠."

"내가 무엇이 되고 싶은가⋯⋯. 으~음⋯⋯."

잠시 고민한 뒤, 아키야마는 표정을 확 반짝였다.

"아, 나 자유로워지고 싶어!"

"자유⋯⋯?"

우리 부에서 제일 자유로운 건 당신일 텐데⋯⋯. 그런 의미는 아니겠지.

온라인 게임에서 자유라면, 어떤 의미일까.

"어떤 자유를 원하는데요?"

"그게 말이지. 부의 모두는 굉장히 강하지만, 거북한 부분은 정말로 거북하잖아?"

아키야마는 검지를 세우고는 나에게 척 겨눴다.

"예를 들어 니시무라는, 혼자서는 딜이 전혀 안 나오니까 아무리 버텨도 밀려버리잖아."

"그야, 뭐."

아코라는 약해빠진 힐러 대책으로, 일반적인 탱커보다 단단함에 특화된 루시안이다. 버티는 건 가능할지언정 쓰러뜨리기는 힘들다.

"아코는 여러모로 약하고, 아카네는 강하지만 바로 죽고, 쿄우 선배도 돈에 의지하지 않으면 못 버티고."

"다들 특화했으니까."

아코는 그렇다 치고, 완전 딜링 특화, 그야말로 S급 대검인 슈바인은 죽을 때는 단숨에 죽는다. 단순 방어력은 나와

버금가는 마스터도 내구 스킬은 전혀 없으니까, 과금 회복을 뺀다면 그리 오래 버틸 수 없다. 그리고 아이템이 떨어지면 파워도 떨어지니까 전투 지속 능력도 부족하다.

"다시 말해서, 다들 협력해서 거북한 부분을 보충하지 않으면 못 싸우잖아."

"아~, 솔로라면 사냥터 레벨은 꽤 내려지지만……. 어, 설마 거기서 자유로워지고 싶다는 거?!"

"맞아!"

아키야마는 활기차게 몸을 흔들면서 묘안! 이라는 듯 말했다.

"모두가 협력해서 싸우는 던전에 혼자서 슬쩍~ 놀러 갔다가, 질리면 혼자 돌아오는 거야. 모두가 혼자서 싸울 수 있는 곳이라면 어디든 혼자 놀러 갈 수 있어. 나는 그렇게 되고 싶어!"

"무리한 희망이다!"

나보다 높은 딜링과 아코보다 높은 안정감. 슈바인보다 높은 내구력과 마스터보다 높은 전투 지속 능력을 갖춘다.

각각의 단점인 부분만을 완벽하게 웃도는 만능 캐릭터.

누군가를 무가치하게 만들지 않고, 누구보다도 자유롭고, 내버려 둬도 아무런 문제가 없는, 그러면서도 존재만 하면 확실히 도움이 되는, 그런 서머너가 되고 싶다는 거다.

이야~, 굉장한 어리광이네. 그런 빌드, 생각하는 것도 힘들겠어.

"하지만…… 굉장히 아키야마 같네……."

"그래? 이상하진 않아?"

"아니, 오히려 딜링에 특화한다든가 지원형이 되겠다고 말하는 것보다 납득할 수 있네요."

누군가가 혼자 있다면 어디든 도와주러 갈 수 있다.

모두가 모여있다면 놀러 올 수 있고, 문제가 없다면 자유롭게 돌아간다.

최강도 무적도 아니지만, 누구의 친구도 될 수 있다.

—그리고 어쩌면, 언젠가는 정말로 무적의 만능 캐릭터가 될 수 있을지도 모른다.

"응. 서머너를 골라서 정답이었어. 이게 세테 씨야. 틀림없어."

"잘 모르겠지만, 왠지 이해해준 것 같아서 기쁠지도?"

"웃을 때가 아니거든요. 문제는 지금부터니까."

"흐잉?"

흐잉, 이 아니거든요.

세테 씨가 목표하는 방향은 정해졌다. 지금까지의 밸런스형 스탯 분배를 이어받으면서, 펜리르 특화형으로 조정하고 모든 것에 대응할 수 있는 범용적인 스킬 투자를 생각해야 한다.

"이건 난제네……. 처음부터 최종 장비를 의식해서 스탯을 투자해야 하는 건 물론이고, 모두의 스테이터스도 의식해서 생각해야……. 홋홋홋, 불타오르는데."

"부, 불타오르는구나? 귀찮지 않아?"

"엄청 귀찮지만, 그렇기에 불타오르죠! 좋~았어. 바로 검토해볼까요. 우선 시뮬레이터로 최종 스탯의 후보를……."

◆아코 : 좋은 아침 저녁입니다~.

그때, 그런 채팅이 화면에 나왔다.

◆아코 : 어라? 세테 씨밖에 없나요?

◆아코 : 정말~, 다들 몇 시까지 자는 건가요! 벌써 저녁이라고요!

아코가 일어났다. 캐릭터 스펙 확인을 위해 세테 씨만 로그인해놨으니까, 그것에 반응하고 있다.

근데 아코, 이런 시간까지 자고 있던 건 너뿐이야!

낮에 자는 세가와는 더 문제일지도 모르지만!

"어쩌지? 대답할까?"

"그건 맡기겠지만……. 그보다, 벌써 이런 시간?!"

우왓, 벌써 네 시잖아!

게임 이야기를 하다 보니 순식간에 시간이 흘렀다!

"미안한데요. 빌드 검토는 나중에 같이 하죠. 일단 아코에게 답례를 전해주러 가야 해서!"

"오늘의 메인 이벤트니까. 시간 빼앗아서 미안해."

"아뇨. 아코가 지금 일어났으니까 마침 잘됐죠."

자고 있는 아코를 깨워서 답례를 전해줄 수는 없으니까,

시간을 유효 활용하게 되어서 다행인 정도다.

"좋아. 바로 아코에게 연락해서……."

"아, 그건 내가 있으니까 괜찮아."

"엥?"

아키야마가 한다니, 어떻게?

그녀는 스마트폰에 손을 댄 채로 멈춘 내 앞에 끼어들듯이 키보드에 손을 댔다.

◆세테 : 아코아코, 루시안에게서 전언~.

어쩌면 아코보다도 빠른 타이핑으로 채팅을 치고 있다.

전언? 아직 아무 말도 안 했는데!

◆아코 : 루시안에게서? 뭔가요? 저녁밥 리퀘스트일까요?

◆세테 : 왜 동거하는 감각인 건지 모르겠지만……. 그게 말이지.

오른손 검지를 입술에 대고 으음, 하고 생각하던 아키야마가 오른손으로 글을 쳤다.

◆세테 : 화이트데이 답례 선물을 주고 싶으니까, 여섯 시에 아코 쪽 역에서 만나고 싶대.

"무슨 이야기?! 그런 말은 안 했는데요?!"

"됐으니까, 됐으니까~."

진심으로 즐거워 보이는 아키야마를 보니 불길한 예감이 들었지만, 여기서 끼어들었다가 「지금 니시무라네 집에 있어!」라는 말이 나오면 초 대참사다.

큭, 여기는 맡길 수밖에 없, 나.

◆아코 : 화이트데이…….

아코는 순간 말이 멈췄고.

◆아코 : 화이트데이! 정말이네요. 오늘은 화이트데이잖아요!

◆세테 : 이, 잊고 있었어?

◆아코 : 아뇨. 기억하고 있었어요! 제대로 기억하고 있었는데요.

◆아코 : 우리 집에서는 엄마가 한껏 들뜨는 우울한 시기니까요.

◆아코 : 저하고는 상관없는 이벤트라고 생각했었어요!

◆세테 : 굉장히 상관있어 보이는데…….

"……아코의 어머니는, 아코의 어머니구나."

"그야 뭐, 완전무결한 아코의 어머니지."

달리 뭐라 말할 게 없을 만큼 아코의 어머니다.

어머님이라고 불러도 된다는 그쪽의 요구는 아직 무시하는 방침입니다.

"그래서, 역에서 만나자는 건."

"아코네 집에서 주고받는 건 분위기가 안 나잖아? 그러니까 역에서 만나서, 차라도 마시며 건네주는 게 데이트 같은 느낌이 들 것 같아서."

"으으음. 확실히…….."

특히 아코의 말투라면, 그녀의 어머니가 남편의 귀가를 이제나저제나 기다리고 있는 것 같으니까. 그런 상태에서 집으로 들어가는 건 미안하다.

"그래도, 그럼 내가 직접 아코에게 말하면 되지 않나?"

"전언이라서 좋은 점도 있어! 중요한 화이트데이니까, 첫 커뮤니케이션은 사무적인 연락이 아니라 직접 만나서 이야기하는 게 근사하잖아?"

"으그그그극."

크윽, 정론.

말씀하신 그대로라며 고개를 숙일 수밖에 없었다.

"연애 경험이 없는 아키야마에게 완전패배한 니시무라."

"레벨은 낮지만 경험치는 많은걸."

들은 게 많은 것뿐이지 않냐는 의견은 꾹 삼켰다.

대등하게 말할 수 있게 되었지만, 그렇다고 해서 뭐든 말해도 된다는 건 아닙니다.

◆세테 : 그럼 확실히 전했으니까. 즐기고 와.

◆아코 : 네. 감사합니다!

◆아코 : 서둘러 준비해야겠네요!

그런 말을 남긴 아코의 온라인 표시가 사라졌다.

서둘러 준비한다니……. 아직 두 시간이나 남아있는데?

"약속 장소, 그쪽 역 아닌가요? 꼬박 두 시간 정도 남았는데 그렇게 서둘러 준비할 것까지는……."

"여자아이에게는 여러모로 시간이 걸리는 거야. 그러다

아카네한테 혼났잖아?"

"으극."

세가와는 화내지 않았지만, 그건 그 녀석이 대범한 거지 보통은 화낼 거다.

하지만, 상대는 아코라고?

"아코는 목욕도 빨리 끝내고, 머리는 언제나 스트레이트고, 화장하는 것도 아닌데, 그렇게 시간이 걸리려나⋯⋯."

"후후후. 응. 아코는 니시무라에게 꾸미지 않은 모습을 많이 보여줬지만⋯⋯."

그래도~, 라며 즐겁게 웃은 아키야마가 천천히 고개를 내저었다.

깔끔하게 정돈된 머리가 확 흔들리면서 부드러운 눈이 나를 올려다봤다.

그리고 소중한 보물을 아끼듯이, 다정한 음색으로 말했다.

"아코도 사실은, 니시무라에게 제일 귀여운 모습을 보여주고 싶다고 생각하고 있거든?"

"⋯⋯기억해두겠습니다. 선생님."

"좋아!"

레벨 0이라고는 보이지 않는 선생님의 의견을 마음속 메모장에 적어두고 거실 시계를 바라봤다.

시간은 이제 네 시를 지났다. 빨리 나가더라도 한 시간 이상 여유가 있다.

"남은 한 시간은 한가한가……. 어떻게 하지?"

"한 시간 있으면, 여러 스테이터스와 스킬을 시뮬레이트할 수 있겠네."

"……그럴 생각으로 여유로운 시간을 지정한 건 아니겠죠?"

"무슨 소리일까~?"

아키야마는 휘익휘익~, 무척 세련된 휘파람을 불었다.

좋아. 알았어. 이렇게 되면 전력으로 빌드를 생각해보자고─. 그렇게 생각했지만.

"게다가, 더 해야 할 일이 있잖아?"

"해야 할 일……? 뭔가 있었던가?"

"물론, 니시무라의 개조!"

"……응? 뭐어?!"

아키야마가 소파에 올려둔 가방을 가져왔다.

그 안에는, 나는 뭐에 쓰는지도 알 수 없는 화장 도구에, 코드에 연결된 수수께끼의 막대 모양 기계, 게다가 몇 종류의 가위까지.

자, 잠깐. 나를 어쩌려는 셈이야?!

"서, 설마, 처음부터 이럴 작정으로 집에?!"

"니시무라도 아코에게 제일 멋진 모습을 보여줘야지. 안 그래?"

"시, 싫어! 나는 도망치겠어! 아코에게 갈 거야!"

"자자, 얌전히 있어~."

"끄악?! 잠깐, 관절은……. 아프……지 않아? 아아앗, 역시 아파?!"

"움직이면 아플 뿐이니까, 가만히만 있으면 괜찮아~."

"대체 무슨 기술인 겁니까아아아아앗."

"평범하게 관절을 조이면 이렇게 되는데."

싫어어어어어! 더럽혀져어어어어어! 우리 집에서 심한 짓을 당해버려어어엇!

나는 필사적으로 저항했지만, 만능 캐릭터 아키야마에게 이길 리가 없었다.

"어째서 현실에서도 이렇게 자유로운 건가요오오오오오!"

"그게 나답다고 말해준 건 니시무라인걸~."

아마 그녀에게도 약점은 있고, 내가 이길 수 있는 부분도 확실히 있겠지만.

적어도 내 약점인 현실 생활 스킬에서는 아키야마에게 이길 여지는 없어 보였다.

으으으, 빨리, 빨리 아코를 만나고 싶어ㅡ!

On—Game Heroine Collection

Online

from Lv.7

막간
"허용하는 세상이었다면 습격도 불사했을 거야"
And you thought there is Never a girl online?

아키야마가 올 시간보다 조금 전에 무사히 친가로 돌아왔다.

지금 이때 맞이할 준비를 해둬야겠다고 현관을 열자⋯⋯.

"어서 와~."

명랑한 목소리로 환영해왔다.

멍하니 바라보는 내 앞에서, 밝은 머리색의 소녀가 가슴에 양손을 대고 말했다.

"기다렸어, 니시무라♡"

게임 안이었다면 주변에 별과 하트 이펙트가 흩날릴 듯한 목소리로 말한 그녀에게, 나는 지극히 냉정하게 말했다.

"나 가 ♡"

"어째서?!"

"약삭빨라."

거울 앞에서 몇 번이고 연습한 듯한 아양 떠는 동작에 나는 기겁하고 말았다.

그런 일련의 흐름을 끝낸 나도 현관에 올라왔다.

"정말~, 니시무라가 용건이 있다고 말해서 온 건데!"

"하지만 나나코, 아까는 쫓아내도 할 말 없었어."

"자신 있있는데에."

"이런 말 하기는 그렇지만, 이제는 나도 오래 알고 지냈으니까 겉으로 귀여운 짓을 해도 아~, 그래그래, 이런 반응이 나온다고."

"으으음~."

아키야마는 가느다란 턱에 손을 대고 신음했다.

일부러 꾸민 듯한 동작보다는 이런 곤란해하는 모습이 귀엽다고 생각한다.

이렇게 말하면 여러모로 문제가 되기에 말하지는 않겠지만.

"참고로 어떻게 들어온 거죠?"

"나도 아까 막 왔고, 미즈키하고 미캉이 들여보내 줬어."

그러면서 천장에 시선을 돌렸다.

"두 사람은 니시무라가 돌아오기 전에 바로 도망치더라. 어째서일까~?"

"아키야마가 혼자서 맞이하는 게 재미있으니까, 겠지……."

아무래도 좋은 부분에서 배려해주는 후배였다.

평범하게 거실에서 기다리면 될 텐데!

"그럼 추운 현관에 있기는 좀 그러니까, 차 한 잔이라도 내드리죠."

"잘 부탁합니다."

"참고로 나는 찻집, 양과자점을 돌면서 홍차와 커피를 마시고 왔어."

"배가 물로 꽉 들어찼네."

"짜고 매운 걸 먹고 싶어……."

괴롭다.

"그런고로, 화이트데이 답례인 케이크입니다. 돌아가면 냉장고에 넣어주세요."

"고마워~."

아키야마는 와~아, 하고 기뻐하며 받았다.

그녀의 밸런타인은, 올해는 경단이었다. 나도 마찬가지로 화과자로 답례하고 싶었지만, 난도가 너무 높아서 좀 무리.

"올해도 가지러 오게 해서 미안합니다."

"괜찮아, 괜찮아~. 근처에 올 용건도 있었으니까."

그런고로, 미안하지만 와달라고 했다.

이쪽에서 가도 괜찮았지만, 그녀는 별로 집에 오기를 원하지 않는 것 같으니까.

아키야마는 의자에 몸을 기울이면서 거실을 돌아봤다.

"작년에도 여기서 답례 선물을 받았었지."

"그랬었지이."

"그 차가운 거, 받았을 때는 미묘했지만 지금도 쓰고 있어~."

"물건은 좋은 거니까!"

노트북 수명이 확실히 늘어나니까 써줘!

"이후에는 그거네요. 스테이터스를 시뮬레이트해서 세테의 스킬 분배를 정했었던가."

"응. 그래도 정한 목표가 너무 멀어서, 도달하지 못한 채 게임이 먼저 끝나버렸네."

"만능 캐릭터를 만든다는 거였으니까아."

절대 무리한 건 아니었다.

장비를 갖추고, 스킬을 고르고, 지식을 늘리면 가능했을 거다.

가능, 하다기보다는. 오히려 채팅을 치면서 느긋하게 빈둥거리는 시간에 진지하게 레벨을 올렸다면 굉장히 여유로웠을 거다.

하지만 그게, 우리의 플레이 스타일은 때로는 진지하게, 기본은 느긋하게 하는 거였으니까!

"세테의 완성형을 보지 못해서 유감이네~."

아키야마는 평소처럼, 도저히 슬픈 것처럼 보이지 않는 어조로 말하고 있지만.

속으로는 정말로 상처받았을지도 모르니까, 조심해야—.

이크, 맞다.

"저기, 아키야마. 잠깐 물어보고 싶은데."

"응?"

답례를 주는 것 말고도 할 말이 있었다.

"LA가 끝난다는 발표가 나오고 나서 이것저것 있었는데, 무리하는 거 아니야? 괜찮아?"

언제나 기운차게 모두를 긍정적으로 해주는 그녀지만, 본인이 무리하면 의미가 없다.

아키야마라면 괜찮다고 생각하지만, 확실히 이야기를 들어둬야지.

내가 그렇게 묻자, 아키야마는 여느 때와 같은 미소로 대답해줬다.

"아, 응. 이제 정말 못 참겠어!"

"그렇구나. 정말 못 참겠다면 다행이네."

그럼 괜찮겠네. 안심이다.

역시 세테 씨! 안정적이고 믿음직해!

―어라? 지금 뭐라고 했지?

"어, 못 참겠다고?"

"못 참겠는데?"

"전혀 못 참겠다고? 안 좋잖아!"

"맞아! 안 좋아!"

설마 하던 못 참는 쪽?!

멀쩡하다. 괜찮다. 그런 방향으로 이야기가 진행될 줄 알았는데!

"미안. 아키야마는 알아서 정리할 수 있는 쪽이라고 생각했어! 아니, 왜 그래?!"

"알아, 알아! 나도 그럴 줄 알았어!"

아키야마는 전력으로 동의하면서도 일찍이 못 보던 기세로 말했다.

"근데 말이지. 나도 정말로 깜짝 놀랐는데, 괴애애앵장히 쇼크! 전혀, 멀쩡하지 않아!"

"위험하잖아!"

"맞아! 굉장하네!"

"감탄할 때가 아니라고!"

뭐가 어떻게 된 거야?!

아니, 이해는 가거든? 마스터의 졸업식에서 펑펑 울었던 것처럼, 아키야마는 어느 라인을 넘어서면 오히려 감정이 흘러넘쳐 버리는 타입이다.

하지만, 이러니저러니 해도 그 발표로부터 2주일이 지났는데 아직도 전혀 진정되지 않았다니!

"정말이지! 들어봐, 니시무라!"

"드, 들어보죠."

"레전더리 에이지가 서비스 종료한다는 건, 이제 모두 함께 게임에서 놀 수 없고, 거기서 만난 사람하고도 헤어진다는 거잖아?"

"그렇게 되겠죠."

개별적으로 연락하거나, 다른 게임에서 만날 수야 있겠지만, 이제 그 세계에서 그 캐릭터로 만날 수는 없게 된다.

내가 그렇게 대답하자, 그녀는 「그러니까!」라고 강하게 말했다.

"그 세계가 끝나버리고, 이제 놀지 못하고, 모두와도 헤어진다! 그게 말이지. 굉장히 쇼크야!"

아키야마는 한 손을 가슴에 대고는 진심으로 놀란 기색으로 말을 이었다.

"게다가, 쇼크를 받았다는 게 나도 놀라워! 와~, 나 쇼크 받았구나!"

"아니, 쇼크를 받는 건 일반적인 거니까, 그렇게 놀랄 일이 아닌데."

2년 가까이 해온 게임이 사라진다고 한다면 누구나 쇼크일 거다.

그러나 아키야마는, 돌이켜보듯이 허공으로 시선을 보냈다.

"그래도 말이지~. 지금까지도 좋아하던 미용사가 그만둔다거나, 브랜드 가게가 없어진다거나, 그런 일이 꽤 있었어."

"있었겠죠."

"그때는 이것도 새로운 만남의 계기가 되겠지~, 라면서 마음 편히 받아들였거든."

"긍정적이네."

인싸라고 해야 할까, 의식 높은 느낌이 든다.

"그런데 레전더리 에이지가 끝나는 건 굉장히 쇼크! 이상하지 않아?! 부실에서 같이 놀던 모두와 헤어지는 게 아닌데도!"

"아니, 게임이 끝난다는 건 그런 법이라고요."

나도 첫 체험이고, 사실 마음의 정리가 된 건 아니라서 잘

난 듯이 말할 수는 없지만!

"애초에 운영진도 너무하네! 즐기는 사람이 많은데 종료라니, 어째서 이런 심한 일을 하는 거야!"

"동감이지만, 그쪽도 결코 끝내고 싶어서 끝내는 건 아니라고 생각하고 싶어!"

이렇게 말하고는 있지만, 나도 솔직히 아키야마의 말에 동감한다.

너무해! 아무리 적자라도 무적의 개발력으로 어떻게 좀 해주세요!

"허용하는 세상이었다면 습격도 불사했을 거야! 대전 잘 부탁합니다!"

"불사하지 마!"

그런 세상은 아니니까! 대전 감사했습니다!

한바탕 말을 늘어놓은 뒤, 아키야마는 후우, 하고 표정을 원래대로 돌렸다.

"이런 식으로, 무턱대고 화내는 자신에게도 놀라고 있어. 감정 제어가 안 되는 일은 정말로 드물거든."

"그런 분석이 되는 시점에서 진정했다고 생각하는데……."

아, 감정이 제어되지 않네. 이런 걸 자각하는 시점에서 제어하고 있다고 생각합니다.

"나에게 이 게임이 어떤 것이었는지, 얼마나 소중했는지, 사실은 잘 모르고 있었던 걸지도~."

"당연한 것처럼 계속 즐겨왔으니까."

"맞아. 그러니까 좀 더 제대로 즐기면서 정확하게 알고 싶었는데……. 이제 그럴 시간도 없네."

"그게 서비스가 끝난다는 거겠지, 분명."

"그러게……. 왠지 인생에서 처음으로 본의 아닌 이별이라는 걸 경험해본 느낌이 들어……."

그리고는 쿵, 하고 말하며 시무룩해졌다.

평소에는 쾌활한 아키야마가 웬일로 침울한 것이 왠지 흐뭇하다.

"잘됐네요. 이것저것 얻을 수 있었던 서비스 종료라서."

"끝나버린 것처럼 말하지 마!"

"끝나는데?!"

"나는 아직 인정하지 않았어!"

"아키야마가 인정하지 않아도 끝나거든?!"

"싫~어~!"

평소에는 비교적 상식인인 아키야마가 떼를 쓰고 있어!

설마 아키야마가 서비스 종료에 대한 마음의 정리가 제일 안 되었을 줄이야.

"이렇게까지 끌어안고 있었다니……. 왠지 예상 밖이네……."

"나도 스스로에게 깜짝 놀랐을 정도니까!"

"……참고로 그 스트레스, 몸에 악영향 같은 건 나오고 있나요?"

"어? 아니? 오히려 요즘에는 잘 자니까 건강할 정도인데?"

"그건 다행이지만, 대체 무슨 시스템인가요……?"

변함없이 어떤 구조로 움직이는지 알 수 없는 사람이다.

"우리가 뭔가 도울 수 있는 게 있으면 말해주세요. 스트레스 발산이라든가, 마음의 정리라든가, 뭐든지 좋으니까요."

내가 진지하게 말하자, 아키야마는 손을 휘적휘적 흔들었다.

"괜찮아, 괜찮아. 니시무라와 아코 덕분에 지금은 조금 보람이 있으니까."

"그럼 괜찮지만……."

그리고 그녀는 살짝 덧없이 웃으면서 부드럽게 말했다.

"끝내고 싶지 않은 것이라도, 끝나면 곤란한 것이라도. 끝내지 않으면 안 되는 거구나."

"……그렇죠."

내 마음에도 울리는 말이었다.

그렇다. 끝내지 않으면 안 된다.

끝내지 않으면, 아무리 지나도 끝나지 않으니까.

"그리고 말이지. 실은 하나, 서비스 종료로 좋은 점이 있어."

"좋은 점, 말인가요."

"레전더리 에이지가 끝나면, 세테도 사라지잖아?"

"그야, 뭐……."

루시안도 아코도, 슈바인도 애플리코트도 사라질 거다.

—고양이공주만큼은 어찌어찌, 특수한 형태로 인터넷에서

계속 살아남을 것 같은 느낌도 들지만.

"사라지면, 뭔가 있나요?"

"세테가 사라진다면, 나는 세테가 아니게 되잖아? 그럼 아코도 나를 나나코라고 불러주지 않을까 해서!"

그게 유일하게 기대돼! 아키야마는 그렇게 말하며 눈을 반짝였다.

아하. 그건 있을 수 있는 이야기지만, 그 이상으로 현실적인 건……

"아코도 나와 마찬가지로 아키야마라고 부르지 않을까……"

"니시무라도 아코는! 나의 대우를 개선해야 한다고 생각합니다!"

"네네, 작년에도 들었네요."

"내년에도 말할 거니까! 기억해둬야 해!"

그건 결국, 올해도 대우는 변하지 않는다는 의미 아닐까.

그래도, 앞으로도 언제나 이렇게 함께 지내고 싶다고, 그렇게 말하고 싶은 걸지도 모른다.

웃으면서 불만을 토로하는 아키야마를 달래면서, 그런 생각을 했다.

"좋아. 5분 전인가. 아코는……. 아직 없네."

오늘만 몇 번을 왔던 역에 다시 찾아왔다.

전철이 정시대로 와줬기에 조금 일찍 도착했다.

이번에는 약속 장소가 역이라서 전철로 왔지만, 실제로 아코네 집에 가려면 자전거가 편하다.

위치는 마에가사키역→우리 집→아코네 집→이 역이라는 느낌이니까, 거리만 보면 자전거로도 문제없을 만큼 가깝단 말이지.

둘이서 타고 함께 학교로 가고 싶다는 말을 아코와 한 적도 있다.

위법이니까 단념했지만.

"루시안~!"

멍하니 그런 생각을 하고 있는데, 긴 머리의 여자아이가 타닥타닥 달려왔다.

아아, 약속 시간 전이니까 그렇게 서두르지 않아도 되는데.

……그리고, 남들 앞에서 루시안이라고 부르지 마.

"기다리셨죠!"

"전혀 안 기다렸어. 괜찮아?"

"루시안을 알아채고 나서 서둘렀을 뿐이니까, 괜찮아요!"

괜찮다고 말하고는 있지만, 아코는 조금 숨을 헐떡이고 있었다.

안색은 괜찮은가 해서 그녀를 바라보다가 위화감을 깨달았다.

어라, 평소보다—.

"아코. 왠지 오늘은 조금……."

"네? ……헉!"

아코는 이쪽을 홱 바라보더니 표정을 헤벌쭉 풀며 말했다.

"루시안……. 멋있어요……!"

"엥? 아니, 나는 별로……."

"눈썹을 조금 잘랐죠?! 머리도 조금 왁스로 다잡았고 신발도 반짝반짝……. 아아, 셔츠와 바지가 굉장히 잘 어울려서 평소보다 더 근사해요!"

"잠깐잠깐! 이쪽이 먼저 하게 해줘!"

아코를 본 순간 멍해지는 바람에 리액션이 추월당했다!

아니, 아코 쪽이 굉장히 귀엽거든?!

평소와 다름없는 얌전한 의상이라 노출이 심한 건 아니다. 머리도 평소와 마찬가지로 얼굴을 가릴 만큼 길다.

그러나 머리 일부를 땋아서 뒤에 묶었고, 평소에는 끼지 않는 여자아이다운 시계가 손목에 있기도 하고, 크게 주장하지 않는 수준의 리본 같은 초커를 목에 끼우는 등, 굉장히 노력한 걸 알 수 있었다.

평소의 아코다움을 유지하고 있지만, 무리하지 않는 범위에서 자신이 귀엽다고 생각하는 모습에 조금 다가갔다는 느낌.

가끔 세가와나 아키야마가 개조해주는 적은 있지만, 아코의 방향성에서 조금 엇나간 귀여움이 아니라 그녀 자신이 귀엽다고 생각해줬으면 좋겠다는 것을 드러내는 것 같아서—.

"—그래서 귀엽다는 걸 머릿속으로 정리해놓고 있었는데! 왜 아코가 먼저 칭찬하는 건데! 나 같은 걸 칭찬해도 별수 없잖아!"

"불합리해요! 루시안은 언제나 근사하고, 제 마음속에서는 완전 극찬하고 있었다고요?! 그게 조금 새어나갔을 뿐이잖아요!"

"나는 아무래도 좋아!"

"루시안이 더 중요하다고요오!"

꾸미고 왔는데도 평상시 그대로의 아코였다.

그보다 언제나 마음속으로 나를 칭찬하고 있었던 거냐. 그만둬, 부끄럽잖아!

오늘은 아키야마가 괜히 흥에 겨워서 이것저것 해줬지만, 평소에는 주변에 굴러다니는 오타쿠 남자니까!

"⋯⋯아니, 이런 역 앞에서 긴 이야기를 하기는 좀 이상한가. 어쩌지."

"그럼그럼, 차를 마신다는 거, 할까요? 찻집도 몇 개 있잖아요."

"오, 아코는 가고 싶은 가게 있어?"

"아뇨. 전에 지나갔던 적이 있을 뿐이에요."

"……그렇구나."

아코다운 이야기였다.

††† ††† †††

그녀가 안내한 건 역에서 조금 떨어진 곳에 있는, 차분한 분위기의 찻집이었다.

가게 안에는 부드러운 BGM이 흘렀고, 자리와 자리 사이에는 넓은 공간이 비어있다. 나와 아코라도 편하게 이야기할 수 있을 것 같다.

"좋은 가게를 알고 있네, 아코."

"체인점 말고는 커피 같은 걸 마셔본 적이 없어서 긴장돼요!"

"마찬가지야. 뭘 시켜야 할까? 제일 싼 이 블렌드면 되나?"

"블렌드라니, 부론트 씨랑 조금 비슷하네요."

"아홉 잔이면 되겠어."

"겸허하네요."

"다 못 마시지만."

아니, 하지만 이런 무의미해도 아무것도 신경 쓸 것 없는 편한 대화.

아아, 확실히 와닿는다. 이게 아코지. 나의 신부다.

"역시 마음이 편하네……. 왠지 오늘은 줄곧 아코를 만나고 싶다고 생각했던 것 같아."

"어, 어째서인가요. 갑자기 데레루시안이 되었는데요?!"

"내가 데레하지 않은 타이밍은 거의 없잖아."

1년 전쯤부터 데레데레였다고.

그런 이야기를 하는 사이, 주문이 정해진 타이밍을 계산한 것처럼 점원이 찾아왔다.

"블렌드를, 핫으로 두 개요."

"부, 부탁합니다."

"알겠습니다. 잠시 기다려 주세요."

조심조심 주문한 우리는 후우, 하고 숨을 내쉬었다.

언젠가는 둘이서 어떤 가게를 들어가더라도 긴장하지 않을 수 있을까.

지금은 아직 긴장된다.

"—그럼. 오늘의 본론인데."

"느닷없이 메인 퀘스트인가요?!"

"그야 이걸 위해 온 거니까."

"우선은 서브퀘를 끝내는 줄 알아서, 마음의 준비가!"

"마음의 준비를 하는 건 내 쪽이라고 생각하는데."

뭐, 서론 없이 바로 본론으로 들어가는 건 무드가 없기는 하다.

하지만 나는 이제 언제 줄까, 언제 줄까 고민하며 대화하는 게 힘듭니다.

"나는 메인퀘를 먼저 하는 타입이니까 포기해주세요."

"루시안은 언제나 그러네요……. 알겠습니다."

아코는 흠칫흠칫 긴장한 기색으로 무릎 위에 손을 올렸다.

왜 아코가 무서워하는 거야. 이쪽이 무섭거든.

"그럼, 이쪽이 답례 선물인 쿠키입니다. 받아주시죠."

"받겠습니다."

마지막으로 남은 쿠키를 살며시 테이블 위에 올려놨다.

아코가 그걸 공손하게 자기 쪽으로 당겼다.

우리, 찻집에서 대체 뭘 하는 걸까.

"……이거, 루시안이 만든 건가요?"

"기본적으로는 그런데."

"후와~, 호와~, 하우~."

"그렇게까지 감동하지 않아도 되잖아."

아코라면 더 잘 만들 수 있을 텐데.

하지만 그런 건 상관없는지, 아코는 쿠키를 떠받들면서 진심으로 기쁜 듯 말했다.

"소중하게 먹을게요! 하루에 하나…… 아뇨, 하루에 반 개씩!"

"오늘 안에 전부 먹어."

"그런 심한 일은 안 해요오."

"직접 만든 쿠키는 소비기한이 일주일 정도라고."

내가 만든 걸로 아코가 복통을 일으키는 건 정말 싫거든?

"참고로 루시안은 저의 초코, 바로 먹었나요?"

"조금씩 소중하게 먹었어."

"역시나! 자기만 치사해요!"

아, 아니, 그래도 일주일 이내에 다 먹었거든!

항상 냉장으로 해놨었고!

"이쪽은 선물입니다."

"가…… 감사합니다."

그때, 점원 누나가 우리 앞에 커피 컵을 올려놨다.

그녀는 쿠키 포장과 우리를 잠깐 바라보고는 부드럽게 웃었다.

"커피 나왔습니다. 느긋하게 보내시길."

"고, 고맙습니다……."

"감사합니다……."

아코와 둘이서 작은 목소리로 감사를 표했다.

여러모로 짐작한 것 같아 부끄럽다!

하지만 쓸데없는 말은 하지 않는 것이 프로라는 느낌이라 멋있다!

"저기, 여기서 먹는 건 좋지 않으니까, 넣어둘게요."

"그렇게 해. 그리고 쿠키는 메인이 아니야."

"아닌가요?"

쿠키 봉지를 테이블 위에 놓은 아코가 의아한 듯 말했다.

그렇습니다. 메인은 이쪽입니다.

가방 안에 남은 마지막 봉지를 꺼냈다.

"이걸 받아."

"네. 네에. 커다란 봉지인데……. 받아도 되나요?"

"물론. 이건 화이트데이 답례와…… 평소의 감사를 담았어."

"……어, 저한테 선물인가요?!"

그렇습니다.

다들 의외라는 반응이었지만, 아코도 그런 리액션이구나.

인터넷에서는 몇 배로 갚는다고 해서 비싼 걸로 사주라고 적혀있었는데, 역시 보통은 그런 가정은 하지 않는구나.

"저는 초코밖에 주지 않았는데, 받아도 되나요?"

"괜찮아, 괜찮아. 이런 기회라도 없으면 아코에게 답례도 못 하니까."

아코는 물욕을 기준으로 삼은 부탁은 전혀 안 하니까.

정신적, 육체적인 부탁이라면 하지만 말이지.

"게다가 아코에게서는 게임에서도 초코를 받았고, 그건 그 것대로 답례를 생각해야지."

"그쪽도 답례 있는 건가요?!"

"물론 있지."

그건 게임에서밖에 답례할 수 없으니까 나중에.

"그래도, 취향에 맞을지 별로 자신이 없으니까, 지금 확인 해줄 수 있을까? 상황에 따라서는 둘이서 다시 고르러 가도 되니까."

"루시안에게 받은 것에 불만 같은 건 없겠지만……. 네."

아코가 그 자리에서 봉지를 뜯었다.

아키야마보다 훨씬 서툴다는 건 보기만 해도 알 수 있지만, 그래도 정중하게 뜯으려고 노력해주는 게 기뻤다.

그리고, 열린 봉지 속에는…….

"어어……. 앗! 앞치마인가요?"

"바로 그렇습니다. 어때? 아코가 쓰던 무늬하고는 다른 느낌인데……."

"꺄! 고마워요. 기뻐요! 매일 쓸게요!"

"무늬 같은 건 전혀 신경 쓰지 않고 기뻐하네……."

"그건 문제가 아니에요!"

나는 그 점을 문제로 봐서 확인을 부탁했는데 말이죠!

하얀색, 핑크 계열의 앞치마를 쓰던 걸 봤으니까, 모노톤 계열에 조금 고딕 느낌인, 아코에게 어울려 보이는 걸 고르기는 했지만.

"내가 입어줬으면 좋겠다는 생각만으로 골랐으니까, 아코의 취향하고는 조금 다르지 않나 걱정이었거든."

"오히려 루시안 같아서 기뻐요! 에헤헤헤헤헤, 이걸로 루시안의 밥을 만들게요!"

아코는 가게 안에서 눈에 띄지 않게, 그래도 최선을 다해 기쁨을 표현하려는지 그 자리에서 위아래로 몸을 흔들었다.

이렇게까지 기뻐하다니 고른 보람이 있다.

여자 앞치마를 가게에서 찾는다는 고행을 했으니까!

"……근데, 앞치마라니 조금 의외네요."

겨우 진정한 아코가 앞치마를 접으면서 말했다.

"의외였나? 아코 같다고 생각했는데."

"그게, 다음 달부터 새 학기니까 그걸 대비해서 실용적인, 머리핀이나 헤어클립 같은 게 아닐까 하고, 열면서 생각했거든요."

"아~, 전에 준 적이 있었으니까."

크리스마스 때 머리핀을 줬던 건 기억한다.

아코네 집에서 만날 때라든가, 가끔 달고 있다.

"그래도 이런 커다란 봉지에 머리핀이 들어가지는 않지."

"네. 그러니까 학교 의자에서 쓸 수 있는, 자세를 바로 잡아주는 쿠션 같은 게 들어있지 않을까 하고, 이것저것 생각했어요."

"그런 게 있었나. 좋네. 사볼까?"

"쓸데없는 말을 해버렸어요!"

아니아니, 좋은 정보인데?

선생님들의 인상은 수업 태도로 정해지는 법이니까.

새로운 반에서 바른 자세로 성실하게 수업을 들으면 좋을 거다.

"아코가 써준다면 정말로 찾아볼 건데."

"아뇨아뇨아뇨! 원하는 건 아니라고요!"

아코는 황급히 고개를 내저었다.

그렇게 부정할 건 없을 텐데.

"루시안이 주는 건 그런 스테이터스가 올라가는 장식품이지 않을까 생각했으니까, 조금 의외였어요."

"……뭐, 실제로 학교에서 쓰는 거라든가, 아코가 평범하게 보이는 아이템 같은 걸 생각하기도 했는데."

앞치마 같은 건 부인 같고, 내가 아코에게 주는 건 조금 그렇지 않나 여러모로 고민했었다.

그래도 굳이 앞치마를 고른 이유는 단순하다.

"밸런타인의 답례로 뭘 선물할까 고민해봤는데, 열심히 초코를 만들던 아코의 앞치마 모습밖에 떠오르지 않았어."

"그때 그렇게나 인상 깊은 걸 했었던가요? 카레 초코인가요?"

"세가와의 위험함도 인상에 남아있지만, 그런 게 아니라. 평소의 아코가 부엌에 있다는 게 묘하게 마음에 남았던 모양이야."

익숙한 부엌에 아코가 앞치마를 걸치고 서 있는, 그 광경이 머리에서 사라지지 않았다.

게다가, 입 밖으로 꺼내기는 조금 부끄럽지만.

"그리고, 그게……. 아코의 밥은 언제나 굉장히 맛있으니까…… 평소의 감사를 여기서 말하려고 해서……."

"평소의……! 해냈어요! 루시안의 위장을 거머쥐었어요!"

"내가 만드는 것보다는 훨씬 맛있으니 말이지."

"연습한 보람이 있었네요."

아코는 에헤헤, 하고 헤벌쭉 웃었다.

"참고로 미즈키보다 제가 만든 게 맛있나요?"

"나는 아코 쪽을 좋아하지만…… 여동생과 비교하는 게 뭔가 시스콤 같아서 싫은데."

"그럼 어머님하고 비교하면?"

"우리 집에서 엄마의 맛은 레토르트의 맛이라고."

"……그런가요."

대체 어떤 사람인지 불안한 표정을 보이는 아코였다.

언젠가 만나게 될 텐데. 괜찮을까.

우리 엄마지만 참 무섭다.

"그러니까, 언제나 고마워. 앞으로도 잘 부탁해."

"저야말로요."

진지하게 말하자, 아코는 조금 쑥스러운 표정으로 끄덕였다.

"앞으로도, 계속계~속, 잘 부탁해요."

"……응. 잘 부탁해."

진지한 표정으로 부끄러운 말을 하네, 아코.

내 얼굴이 새빨개진 걸 알아채서 책상으로 시선을 내렸다.

"저, 저기이. 이런 이야기만 하면 내 이미지만으로 앞치마를 선물한 것 같은데, 일단 제대로 된 이유가 있어."

"계속 제대로 된 이유였는데, 또 있나요?"

"앞치마는 마음에 든 걸 입겠지만, 동시에 작업복이기도 하잖아. 예비가 있어서 곤란한 일은 없을 것 같아서."

"오늘부터 이게 제일 마음에 들어요!"

"메인 앞치마의 지위가 추락했어!"

기뻐해 주는 건 고맙지만, 그렇게까지 소중히 여기지 않아도 되니까!

아니 정말로, 안심하긴 했다.

걸치기만 하는 거지만, 여자아이가 입는 걸 고른 경험 같은 건 거의 없으니까.

"아아, 왠지 겨우 끝났다는 느낌이 들어……. 긴 하루였어……."

"오늘은 그렇게 여러 일이 있었나요?"

"그렇다니까."

아코가 봉지로 되돌린 앞치마를 탁탁 만지며 물었다.

그래그래. 말하지 않았었나.

"오늘은 초코를 준 사람 모두에게…… 세가와, 마스터와 아키야마에게도 답례를 했거든. 이러니저러니 해도 다들 기뻐해 줘서 다행이야."

"슈나 다른 사람들한테도, 말인가요? 먼저 만난 건가요?"

"그래. 모두에게 쿠키와 답례 선물을 줬어."

"……기뻐한 건가요."

다행히 다들 깜짝 놀라면서도 기뻐해 줬다.

"아키야마는 기쁨과 곤혹 사이 정도였지만."

"루시안의 센스니까요."

뭐야, 전쟁하잔 거야? 나의 센스는 평범한 여자아이가 보면 꽝이라는 건가.

사실을 말해도 명예훼손은 성립한다고.

—그나저나 아코의 리액션이 좀 약하다고 생각했는데.

"……저보다 먼저 슈나 다른 사람들하고 만나서, 똑같이 답례 선물을 준 건가요……"

헤에~, 하고 무표정하게 말하고 있다.

……헉! 혹시 아코, 자기가 뒷전으로 밀렸다고 생각하고 있나?!

"아, 아니거든! 아코를 뒷전으로 미루고 다른 사람을 우선한 게 아니야! 다음 예정이 있다면서 대충 넘어가지 않아도 되게끔 아코를 마지막으로 한 거고, 오히려 메인인 데다 중요하게 여긴 거라고! 게다가 아코는 자고 있으리라 생각한 것도 있고!"

"아뇨아뇨. 그런 걱정은 하지 않았어요. 딱히 질투한 건 아니에요."

다들 친구니까요, 라며 태연하게 넘겨버렸다.

어라? 정말이네. 딱히 화났다는 분위기는 아니다.

"그럼 대체 뭐가 신경 쓰인 건데?"

"오늘 이날에, 모두에게도 답례를 준다는 거, 루시안이 스스로 생각한 건가요?"

"……윽."

내 발상이 아니라는 게 바로 들켰다.

역시 그런가. 알아버리나.

"……미안합니다. 미즈키의 어드바이스입니다."

"슈슈인가요. 흐흠. 납득이 가네요."

그러면서 고개를 끄덕였다.

나 혼자라면 이상하지만, 미즈키의 이름이 나오니까 이해하는 건가.

"역시 나는 평소에는 눈치가 없는 건가……."

"아니에요, 아니에요!"

아코는 고개를 붕붕 내저었다.

어, 아니라고? 그런 의미가 아니야?

"그럼 뭐가 이상한데?"

"그게, 저기……. 으으. 뭐라고 말해야 할까요. 이럴 때는 마스터가 설명해주면 좋을 텐데요."

"아코 나름의 말이라도 좋으니까, 가르쳐줘."

"그게, 그게."

재촉하자, 아코는 끙끙 고민했다.

"제가 말하는 건 조금 부끄럽지만요."

그리고는 그런 전제를 두고, 살짝 눈을 돌리며 말했다.

"루시안은, 중요할 때는 언제나 저를 최우선으로 생각해

주잖아요."

"……응? 그야 물론이지."

말할 것도 없이 다른 사람과 비교하면 아코가 최우선이다.

왜냐하면 그녀는 특별한 존재이기 때문입니다.

"그래서 말이지. 평소의 루시안이라면, 저의 초콜릿과 모두의 초콜릿을 똑같은 레벨로 주지는 않는다고 생각해요."

"똑같이 하지는 않는다……. 아, 그런가."

듣고 보니 그렇다.

평소였다면 화이트데이라는 중요한 이벤트에 아코와 다른 사람을 똑같은 수준으로 생각하지는 않았을 거다.

"오늘은 아코와 만나고, 모두에게는 내일 제대로 감사를 표하자……. 그러는 게 평소의 나이긴 하네."

"그럴 거예요. 저라면 어제는 루시안과 함께 있었어요~, 라고 말하면서 슈한테 그래그래, 라는 말을 듣겠죠."

"응. 그게 자연스럽지."

부부인지 그것과는 다른 무언가인지는 넘어가더라도, 일단 우리는 서로 좋아하는 사이다. 그럴 거다. 아마도.

그러니까 우선은 아코, 이후에 다른 사람이라고 생각하는 게 보통이다.

모두 한꺼번에 답례 선물을 주다니 실례다~, 라고 생각하고 있었는데, 사실은 나쁘지 않았을지도.

"그래서 다들 화이트데이 답례를 하러 왔다고 말하니까

놀랐던 건가…….”

“분명 화이트데이는 오늘이 아니라 내일의 이벤트라고 생각했던 게 아닐까요.”

세가와는 아코에 대한 상담인 줄 알았던 모양이니까.

나의 턴은 오늘이 아니라 내일이라고 생각한 거겠지.

“아, 물론 모두에게 답례를 준 게 불만인 건 아니에요? 정말이거든요?”

“알고 있어. 평소의 나와 달랐으니까 신경 쓰였던 거겠지.”

필사적으로 말하는 아코를 달랬다.

나도 그녀가 나와 다른 사람을 갑자기 똑같이 대하면 놀랄 거다. 화내지는 않고 놀랄 거야.

“으음……. 아코에게 받은 인생 최초의 진심 초코와 친구에게 받은 의리 초코를 똑같이 답례하는 건 이상하긴 하지…….
어째서 이렇게 됐지?”

“슈슈한테 들은 말 때문이겠죠.”

“미즈키……. 아, 그런가. 그랬지.”

미즈키에게 들었으니까. 제대로 전원에게 개별적으로, 당일에 주지 않으면 안 된다고.

화이트데이를 까먹어서 당황하던 것도 있지만, 어느새 미즈키의 말대로 하고 있었다.

“……어라? 혹시 나, 미즈키한테 속았나?”

“속인 건 아니라고 생각해요. 슈나 다른 사람들도 기뻐했잖아요. 저도 딱히 싫다고 생각한 건 아니에요."

아코는 마치 아키야마처럼 여유가 있는 곤란한 표정으로 으~음, 하고 말했다.

"제가 루시안에게 특별하지 않은 대우를 받게 하자는, 사소한 장난이 아니었을까요?"

"장난……인가……. 또 코멘트하기 곤란한 심술을……."

"역시 미즈키하고는 언젠가 결판을 내야겠어요."

"그만둬."

밸런타인데이 때도 아코에게 수수께끼의 대항 이식을 불태웠었는데, 그 흐름을 이어가서 화이트데이에 장난을 친 건가.

화내야겠지만, 만약 미즈키가 학교 남자에게 초코를 준다고 말한다면 나도 어느 정도 방해를 할지도 모른다.

게다가 나도 미즈키에게 어드바이스를 받았으니까……. 으음, 내 잘못이네…….

"게다가 아코 덕분에 수수께끼가 또 하나 풀렸어."

"뭔가 있었나요?"

"자세한 설명은 피하겠지만, 미즈키는 조금 반성할 만큼 무서운 경험을 했을 거야."

왜 아키야마를 그렇게 무서워하는지 궁금했는데, 이게 이유였던 거다.

정말로 약간의 장난이었는데, 아코와 맹렬하게 상성이 안 좋아 보이는 반짝반짝 여자가 부르지도 않았는데 집에 들이 닥쳤으니까.

게다가 아코와는 아는 사이인데 혼자서 우리 집까지 찾아오는 터무니없는 사람이다.

이 사람을 집에 들이면, 원인을 제공한 데다 적극적으로 다른 여자를 불러들인 악의 수령이 되어버린다. 이래서는 아코와 전면 전쟁이 벌어질지도 모른다. 그렇다고 손님을 내쫓을 수는 없다.

어쩌지, 어쩔 도리가 없잖아. 으아~! 이렇게 생각해서 도망친 거구나, 미즈키.

나중에 아코가 진짜로 폭발하지 않을까, 아코와 싸우게 되면 내가 화내지 않을까, 집에서 아수라장이 벌어지지 않을까, 그러게 상당히 걱정했을 거다.

"미즈키에게 보고해둘까……."

"이 원한은 반드시 갚겠어요. 금방 갚을 거예요. 라고 전해주세요."

"진짜로 그만둬."

【히데키】 지금 아코와 만났어.

미즈키에게 그렇게 라인을 보냈다.

대답은 바로 돌아왔다.

【미즈키】 아코 언니, 화나지 않았어?

【히데키】 화나지 않았어.

【미즈키】다, 다행이네…….

미즈키, 진심으로 안심한 듯한 분위기다.

뭐, 아키야마가 집에 오고 나서는 이야기를 나누지 않았으니까!

이건 무덤까지 가져가는 게 좋을지도 모른다.

어차피 조만간 들키겠지만.

【히데키】화나지는 않았지만, 언젠가 너와 결판을 내야겠다고 말하고 있어.

【미즈키】바, 바라던 바야! 받아주겠어!

【히데키】바라지 마. 받아주지 마.

부전패라도 곤란하지 않단 말이야.

그야 나도 미즈키가 남친을 데려온다면 비슷한 말을 할 것 같지만!

아무튼, 들을 건 들었다.

"미즈키, 자기가 주범이라는 자각은 있는 모양이라 조금 겁먹었으니까, 가능하면 용서해주시죠. 그리고, 받아들인다네."

"네. 괜찮아요. 저도 반성하고 있으니까요."

"……뭘?"

아코가 반성할 일이 있었던가?

"화이트데이인데 아침에 자던 거?"

"요약하면 그렇기는 한데요."

에헤~, 하고 한심한 표정을 지은 아코는 얼마 남지 않은 커피를 입에 넣었다.

"저, 화이트데이를 진짜로 신경 쓰지 않았어요. 한심하네요."

"내가 노력하는 이벤트니까, 아코는 그래도 되잖아."

"그렇지 않아요!"

아코는 No, No! 라고 양손을 흔들며 진지하게 말했다.

"루시안의 부인으로서 해야 할 일인데도 잊어버리다니 절대로 안 되는 일이에요!"

"해야 할 일…… 뭔데?"

"아내로서, 저도 함께 답례 선물을 고르는 일이 있잖아요!"

아코는 진지하게 말했다. 아무래도 진심으로 하는 말인 모양이다.

과연, 아코의 의견은 잘 알았습니다.

"그럼 오늘은 이만 해산할까."

"벌써 돌아가는 건가요?! 저를 만나고 싶었다고 했잖아요!"

"조금 후회하고 있어."

모두 어딘가 이상한 사람뿐이지만, 역시 아코가 제일 이상하다.

이게 바로 아코이기는 하지만.

"일단 확인하는데, 어째서 같이 답례 선물을 고른다는 생각을?"

"오히려 답례 선물을 아내가 고르는 건 자주 있는 일 아닌가요?"

"글쎄다? 잠깐 검색해볼까. ……아아, 있구나. 아내가 화이트데이 답례 선물을 고르는 부부도."

"그렇죠? 평범한 거라고요!"

아코가 씨익 웃으며 가슴을 폈다.

아니, 너는 까먹은 쪽이잖아.

"전혀 의무는 아니고. 안 해도 된다고."

"해보고 싶어요."

"호기심이잖아!"

"그리고, 남편이 받은 초콜릿의 답례 선물을 고른다는 일을 엄마와 함께 해보고 싶어서요."

"사이좋은 모녀인 건 좋지만!"

그 두 사람이라면 즐겁게 고르겠지!

"그보다, 타마키 가에서는 아코네 어머니가 답례 선물을 고르는구나."

"물론이죠. 루시안네는 다른가요?"

"애초에 아버지가 초콜릿을 받아서 돌아온 것도 내가 어렸을 때까지였어."

옛날에는 받은 초코를 미즈키와 함께 먹은 기억이 있지만, 최근에는 전혀 없다.

회사 방침이 변한 건지, 아버지의 존재감이 사라진 건지는 모르겠지만.

"그래도, 그런가. 아코네 아버지는 잔뜩 받으시나 보네."

"받고 있죠~. 거절한다고 하지만, 그래도 잔뜩 남는 것 같아서……."

아코의 아버지가 무슨 일을 하는지는 나도 아코도 잘 모르지만, 일단 상당한 엘리트인 건 틀림없어 보인다.

게다가 진중하고 멋있고. 솔직히 몇 번 만나본 나의 인상으로도 이 사람은 정말로 믿음직하겠다는 생각이 든다.

뭐, 많이 받으시겠지.

"……참고로 묻는데, 아코네 아버지에게 초콜릿을 준 사람의 집, 괜찮아? 습격당하거나 하지 않아?"

"다행히, 지금까지는 없어요."

"정말로 다행이네."

그런 쪽을 제어하고 있는 시점에서 아코의 아버지는 틀림없이 유능하다.

그게 아니었다면 부부 생활을 멀쩡하게 이루어지지 않았겠지만.

"아, 그래도 엄마는 의리치고는 호화롭다 싶은 초코가 있으면 직필 메시지 카드를 남겨요. 아내 명의로."

"엄청 무섭네."

진짜로 아코네 집에서 초코를 만들지 않아 다행이다.

"그러니까, 저도 그런 걸 해보고 싶어요!"

"안 해도 돼. 그냥 내가 할 테니까."

"미즈키에게는 의지했잖아요!"

"말씀하신 대로입니다!"

그렇지! 나 혼자서는 안 됐어!

그래도 어쩔 수 없잖아. 처음으로 진심 초코를 받았는데, 그 상대에게 주는 답례 선물을 본인과 상담하라니 나에게는 무리야!

"그럼 만약 내년에도 초코를 받으면, 답례를 고를 때는 아코에게도 도움을 받기로 할게."

"네!"

아코는 싱글벙글 웃으며 끄덕였다.

뭐, 세가와는 뭘 줘야 기뻐할까, 마스터는 뭘 좋아할까, 아키야마는 뭘 기뻐할까, 그런 걸 아코와 상담하는 건 분명 즐거울 거다.

……다른 사람에게 받을 예정이 전혀 없다는 게 내가 봐도 참 한심해 보이지만.

"서로에게 선물을 주는 이벤트도 근사하지만, 둘이서 뭔가를 하는 이벤트라니 좀 더 근사하네요."

"결혼기념일도 그리 멀지 않으니까."

"뭘 할까요? 현실에서도 일단 결혼식을 하는 것도 좋은데요?"

"안~ 합~니~다~."

그렇게 집 이야기를 하다가 눈치챈 건데, 꽤 시간이 지났다.

아까는 농담으로 돌아간다고 말했는데, 실제로는 이제 바깥이 어두워졌고, 오늘은 아코의 아버지도 일찍 돌아오는 모양이니까.

저녁 식사 전까지는 아코를 제대로 집에 돌려보내 줘야겠지.

"그럼, 늦어졌으니까 슬슬 정말로 돌아가자. 집까지 바래다줄게."

"아, 네. 부탁할게요."

아코는 마지막으로 남은 커피를 입에 넣고 녹다 만 설탕이 입에 들어갔는지 달콤한 듯 얼굴을 찡그렸다.

"으으……. 슬슬 엄마랑 아빠의 시간도 끝났을 테니까, 마침 잘됐네요."

"두 사람의 시간을 만들어준 거냐……. 정말로 부모님을 배려하고 있네, 아코……."

"그게 저기, 내일은 제 차례, 같은 셈이에요."

"나를 보면서 말하지 마."

아코는 앞치마를 소중하게 가방에 넣으면서 일어섰다.

함께 자리에서 일어난 내 배가 꼬르륵 소리를 냈다.

오늘은 거의 아무것도 안 먹었지. 완전히 잊고 있었다.

"아, 배고프네. 여기서 케이크라도 먹을 걸 그랬나."

"배가 고프면 마침 잘됐네요. 화이트데이니까 엄마가 열심히 밥을 만들고 있을 거예요."

"음. 그건 잘됐네~."

"잘됐네요~."

"……응?"

"네?"

미묘하게 맞물리지 않은 대화가 들리자, 뭔가 불길한 예감이 들었다.

이런 분위기일 때는, 대부분 멀쩡한 일이 일어나지 않는다.

"으으음. 잠깐 기다려. 아코네 집의 저녁 식사가 호화롭다고 해서 나한테 뭔가 좋은 일이 있나?"

"오늘은 루시안도 함께 먹는다고 전해놨으니까, 4인분 만들고 있을 거예요."

"뭐가 어떻게 되어야 그런 연락 사항을 전할 수 있는 건데?!"

전달 실수잖아!

실수라기보다는 이미 날조야!

"아냐아냐아냐. 그건 안 돼."

"괜찮잖아요~. 먹고 가요오."

"그런 말을 해도 말이지. 아코와 어머니만 있으면 모를까 오늘은 아버지도 함께하잖아?"

"루시안. 아빠랑 친하잖아요."

"나쁘지는 않지만, 이것과 그건 이야기가 달라!"

평소에 이야기를 나누는 건 괜찮지만, 가족끼리 단란하게 보낼 때 끼어드는 건 커다란 벽이 있다!

그야말로 선전포고 같은 셈이라고!

"미안하지만, 이번에는 좀—."

"—루시안."

진심으로 거절하려는 내 말에 끼어든 아코가 말했다.

빤~히, 명확한 불만이 깃든 눈동자가 나를 보고 있다.

"뭐, 뭔가 의견이라도?"

"루시안. 저는 진심 초코였는데, 다른 사람하고 똑같거나 더 안 좋은 대우로 답례를 줬잖아요?!"

"으극!"

그, 그걸 여기서 말한다고?!

"저에게 주는 답례는 뒷전으로 미뤄버렸고요~."

"으윽……. 아니 그건, 저기……. 뒷전으로 미룬 게 아니라, 생활 리듬이……."

"아까 물어봤는데도, 제가 없을 때 세테 씨를 집에 들였다면서요?"

"그거 누구한테 들었어?!"

"세테 씨 본인한테서요."

"그 사람, 무서운 걸 모르네!"

무덤까지 가져가야 하는 게 10분 만에 들켰어! 처음부터 말해둘 걸 그랬어!

"지금부터 같이 저녁을 먹어 준다면 전부 잊고, 저는 루시안에게 있어서 특별하다는 걸 느낄 수 있을 거예요!"

"이 녀석, 엄청 어색하게 말하고 있잖아……!"

나의 잘못을 정확하게 찌르는 이 우수함을 왜 평소에 발휘하지 못하는 거야, 아코……!

하지만, 그렇지.

이번에는 내 잘못이다. 오히려 이 자리에서 대안을 제시해주는 게 온정인 것 같다.

가보고 정말로 방해된다면 금방 돌아오면 되니까.

"……알았어. 초대를 받아들이겠습니다."

"그러니까 루시안은 정말 좋아해요!"

정말 좋아한다는 기준이 납득 가지 않지만, 들으니까 기쁘기는 하네, 젠장.

하아. 그럼 집에 연락해두자.

【히데키】 미안, 저녁 먹고 돌아올 테니까 내 몫이 있으면 냉장고에 넣어줘.

【미즈키】 아코 언니하고?

【히데키】 맞아.

【미즈키】 ……원한, 바로 풀었네.

【히데키】 그게 그런 의미였어?!

확실히 처음부터 나를 데리고 돌아올 예정이었지만!

그 녀석, 아무래도 좋은 점만 제대로 생각하고 있네!

【히데키】 뭐, 밥만 먹고 바로 돌아올 테니까, 부재중은 잘 부탁한다.

읽었다는 표시가 뜬 뒤에, 미즈키는 조금 뜸을 들이다가 이렇게 보냈다.

【미즈키】 역시 아코 언니하고는 확실히 승부를 내지 않으면 안 되겠어.

【히데키】 부탁이니까 그만둬.

사이좋게 지내라고는 하지 않을 테니까, 적극적으로 싸우지만 말아줘.

적어도 나는 이제부터 그쪽 가정의 저녁 식사 자리에 돌격해야 하니까.

"괜찮을까……."

"저도 엄마도 아빠도, 루시안이라면 대환영이에요!"

"환영해주는 게 더 난감하단 말이지……."

기나긴 화이트데이, 마지막 퀘스트.

타마키 가 던전에서 생환하라.

난이도는 아마 베리 이지이면서, 베리 하드다.

††† ††† †††

최종 보스가 있는 집으로 돌격하는 건 아까 했었다.

그러나 이번에는 한층 더 레벨 업했다. 왜냐하면 히든 보스가 있는 집이니까.

어쩔 수 없다고 체념하고 왔지만, 이렇게 눈앞에 두니까 진심으로 돌아가고 싶다는 마음이 들고 만다.

"가고 싶지 않아."

"그런 슬픈 표정으로 말하지 말아 주세요오!"

내가 우는소리를 하자, 아코는 자기도 곤란한 표정으로 답했다.

"저도 두근두근하거든요? 루시안과 아빠가 싸우기라도 하면 어쩌나 걱정되니까요!"

"이제 와서 아저씨와 싸울 일은 없을 텐데."

몇 번 얼굴을 마주했지만, 딸에게 달라붙은 못된 벌레 같은 대우를 받은 적은 한 번도 없다.

뭐랄까, 그 점에서는 이미 포기하고 있다는 느낌.

오히려 그리운 걸 보는 듯한 다정한 시선을 보내오는 일이 많다.

"그래도 말이지. 아저씨와 함께 식사하는 건 역시 버겁다고."

"아저씨가 아니에요. 아버님이에요."

"아니, 내 쪽에서는 아저씨니까……."

"아버님이에요."

"……(아코의) 아버님이지."

"미묘하게 발음이 다른 것 같지만, 오케이에요."

거기에 고집할 필요가 있는 걸까.

아코의 어머니도 어머니라고 부르고 있으니까 딱히 상관은 없지만.

"자, 루시안. 들어가요. 어서어서."

"알았다고. 젠장."

아코가 현관을 열고 손짓했다. 그 말대로 뒤를 따랐다.

아키야마처럼 그쪽에서 오면 무서우니까, 이쪽에서 가는 게 낫겠지.

"다녀왔어요~."

"……실례합니다."

"루시안도 다녀왔다고 해도 되는데요?"

"좀 봐주라."

조심조심 신발을 벗으면서, 아버지는 이미 돌아왔는지, 신발은 있는지 찾아보고 있었는데…….

"두 사람 다 어서 오렴. 마침 밥이 다 된 참이야!"

무척이나 기분 좋아 보이는 어머니가 거실에서 나왔다.

"루시안 데려왔어요~."

"느긋하게 있다 가렴. 히데키."

"신세 지겠습니다."

어머니는 우후후후후~, 하고 웃으면서 돌아갔다.

그 뒷모습을 바라본 아코가 나지막하게 말했다.

"아빠, 벌써 돌아왔나 보네요."

"어, 진짜로? 어째서 아는데?"

"엄마의 기분으로요."

"……그렇군."

집에서도 수수께끼의 고생을 하고 있구나, 아코.

자, 그럼. 아버지가 벌써 돌아왔다는 건―.

"아아, 어서 와라, 아코. 히데키도 잘 왔다."

"다녀왔어요."

"실례합니다……."

그렇겠죠. 이미 거기 있으시겠죠!

거실로 들어가자, 아코의 아버지가 느긋하게 앉아있었다.

정장 차림으로 만나는 일이 많은 사람이지만, 오늘은 편한 실내복이다. 그런데 무척이나 진중하게 멋있어 보이는데, 이 멋진 아저씨는 뭘까.

그야 지금도 부부가 화목하겠지! 나는 도저히 이렇게는 되지 못할 것 같아!

"저녁 식사 때 실례해서 죄송합니다."

"아니아니, 우리 딸이 갑자기 권유한 거겠지? 이쪽이야말로 미안하구나."

"그렇게 말씀해주시는 건 아버님뿐이에요……!"

나를 위로해주는 건 아코의 아버지뿐이야!

여친(의 집에서) 편을 들어주는 게 아버지뿐이라니 대체 어떻게 된 거야!

"히데키도 편하게 있다 가거라. 늦어지면 차로 보내주마."

"하나부터 열까지 죄송합니다."

"여자가 많은 가정이니까. 동료가 있는 건 나도 고맙지."

갑자기 찾아온 남자에게 이런 리액션. 어째서 이런 멋진 사람에게서 아코가 태어난 걸까.

"어머어머, 친하네? 남편을 사위에게 빼앗기는 건 조금 예상 밖이었는데."

이 어머니 때문인가! 그렇겠지!

"안 빼앗아 가요! 그보다, 사위 대우인 사람한테 질투해서 어쩔 건데요!"

"맞아요! 확실히 루시안이 아빠랑 너무 친한 건 샘나기도 하지만!"

"복잡해지니까, 아코는 입 좀 다물고 있어."

"여기 우리 집이거든요?!"

"하하하. 단호하게 말해주는 사위라니 정말로 고마운데."

잔을 기울이는 아버지는 조금 피곤한 목소리였다.

매일 이런 상태라면 그야 그렇겠지.

††† ††† †††

"오늘은 젊은 남자가 있으니까, 넉넉히 만들었어~. 많이 먹으렴?"

"그야, 먹기는 하겠지만⋯⋯. 굉장한 양이네요⋯⋯"

눈앞에 점점 진열되는, 언뜻 보더라도 기합이 들어간 갖가지 요리들.

테이블에 놓는 것도 아슬아슬할 정도인데, 이거 내가 안 왔으면 어쩔 작정이었던 걸까?

"자, 어서 드세요~."

"감사합니다."

"잘 먹겠습니다."

"잘 먹겠습니다~."

식사 시작 신호는 확실히 하는 게 타마키 가의 방식인 모양이다. 애초에 전원이 식탁에 앉은 상태가 많지 않은 우리 집하고는 다르다.

그보다, 이런 부분이 여러모로 다르니까 남의 집에서 밥을 먹는 건 긴장하게 된다.

만약 맛이 없다고 해도 절대로 불평할 수 없기도 하고.

뭐, 아코에게 요리를 가르쳐 준 건 어머니라고 하니까 맛없지는 않겠지만.

그런 생각을 하면서, 근처에 있던 나물 그릇에 젓가락을 뻗었다.

"아, 맛있네."

"정말이니? 다행이네."

어머니는 부드럽게 웃었다.

응, 맛있다. 틀림없이 맛은 있는데……. 으응?

여러 요리를 입에 넣다 보니 점점 위화감이 생겼다.

아코의 어머니는, 이런 느낌인가?

"……음?"

"왜 그러나요? 루시안."

"어, 아니. 딱히 없는데."

"그래도 뭐랄까. 의문이 있어 보이는 분위기였는데요."

"분위기만으로 마음을 읽는 건 그만둬."

표정으로 드러내지 않게 하고 있었는데, 오랫동안 사귄 신부는 이러니까!

"어머, 입에 맞지 않았니? 뭔가 실패한 걸까?"

"그런가? 평소대로 맛있는데."

"당신도 참."

어머니는 수줍어하며 뺨을 눌렀다. 부인의 멘탈 관리가 엄청 능숙하시네요. 아버지!

그보다, 그게 아니고요. 맛없다든가 싫어한다든가 그런 건 전혀 아니고.

"엄마의 밥, 뭔가 이상했나요?"

"이상하지 않아, 이상하지 않아. 맛있다고. 단지 저기, 조금 의외라고 해야 할까."

"의외, 인가요?"

"아코는 간이 진하고 듬직~한 느낌의 요리를 만들잖아. 하지만 어머니의 요리는 뭐랄까, 담백한 느낌이지만 굉장히 안정적이라는 느낌?"

모녀인데 맛내기의 방향성이 전혀 다른 게 조금 놀라웠다.

요리는, 언제나 먹는 맛에 가까운 걸 만드는 경우가 많다고 생각하거든. 그 미즈키도 처음에는 내가 만들던 걸 참고로 해서 고기를 구워 들직~한 요리를 만들었었고.

　내가 어째서인지 몰라서 고개를 갸웃하자…….

　"엄마의 맛은, 아빠한테 맞춰서 그런 게 아닐까요?"

　"아코의 요리는 히데키의 취향에 맞춘 거겠지."

　두 사람이 당연한 듯이 말했다.

　"이이는 담백하고, 한 끼라도 맛의 종류가 많은 걸 좋아하거든~."

　"하하. 젊은 아이는 좀 더 알기 쉬운 걸 좋아할지도 모르겠어."

　"당신은 옛날부터 공들인 요리를 좋아했으니까."

　어, 그렇다면 뭐야?

　내가 타마키 가의 맛이라고 생각했던 건, 사실 그렇지 않았다는 건가?

　"아코. 자기 집의 맛이 아니라 내 취향으로 만들고 있었어?"

　"그야 루시안, 맛이 강한 걸 좋아하잖아요?"

　"그, 그렇긴 하지만."

　내가 만들 기회가 많았고, 부모님이 레토르트 조리품을 애용하고 있었기에 솔직히 담백한 요리의 좋은 점을 잘 모른다.

　최근에는 미즈키가 그런 방향에 눈을 뜨고 있으니까 조금

씩 교정되고 있기는 하지만…….

"그렇게 신경 쓸 건 없는데……. 자기 취향이라도 좋으니까."

"아뇨아뇨. 루시안이 기뻐하는 게 제일이니까요!"

아코는 우홋! 하고 가슴을 폈다.

그런 딸에게 아버지가 조금 아련한 시선으로 말했다.

"이 아이는 옛날부터 정크 푸드를 좋아해서 말이지. 본인의 취향도 그쪽일 거다."

"조금만 눈을 떼면 쇼핑 카트에 감자칩을 숨기고 있지 뭐니~."

"제 기억에도 없는 말을 하지 말아 주세요!"

"아아, 확실히……."

그랬지. 아코의 방, 언제나 과자로 가득했다.

틀어박히는 용도만이 아니라, 그런 걸 좋아하는구나.

"그게, 염분은 정의라고요!"

"……같이 담백한 맛에도 익숙해지자, 아코."

"에에엑!"

감동하고 있었지만, 아코의 취향이 우연히 나와 똑같았을 뿐이었던 걸지도.

가뜩이나 건강하지 않은 게이머인데, 둘이서 빨리 죽지 않게 조심해야 한다.

"그러고 보니, 아코는 학교에서 어쩌고 있지?"

문득 대화가 끊어진 타이밍에 아버지가 물었다.

학교의 아코라아. 요즘은 어땠더라.

"의외로, 라고 말하면 실례겠지만, 잘 지내고 있어요."

"히데키…… 사실, 이냐?"

"그건 놀랐네…… 좀처럼 믿을 수가 없어."

"다들 저한테 너무하지 않나요?!"

그런 말을 해도, 아코 씨. 작년 봄 정도를 생각하면 의외라고 할 수밖에 없잖아.

"저하고는 다른 반이지만 뭐랄까, 치유계 같은 느낌으로 사랑받고 있어요. 부 활동 쪽은 친한 친구도 많이 있으니까요."

"그런가…… 그건 다행이군."

"우리 아이지만, 치유계의 센스는 있나 보네."

"힐러니까요!"

오히려 치유계 센스밖에 없다고 해야 하려나.

말을 걸어도 대화를 능숙하게 할 수는 없고, 뭔가 이득이 있는 것도 아니니까 포지션은 기본적으로 펫이다.

그것도 솔직히 말하면, 남의 펫.

세가와와 아키야마의 펫에 손을 댈 녀석은 없는 모양이라, 은근히 평화롭게 지내고 있다.

"게다가 자주 우리 반에 오고 있어서, 반을 넘어서서 친구가 있어요."

"어, 친구는 루시안 쪽밖에 없는데요?"

"아니, 너…… 그냥 친구라고 말해두면 이기는 건데……."

왜 그런 쓸데없는 부분에서 엄격한 건데.

겉치레만이라도 친한 척을 한다면……. 아니, 우리가 그런 재주 좋은 짓을 할 수 있을 리가 없지만.

"올해에는 친구와 같은 반이 되면 좋겠구나. 아코."

"네. 선생님하고 확실히 교섭했어요!"

"들키지 않게 잘해야 한다?"

"밀어주면 안 되잖아요!"

††† ††† †††

"이, 이제 못 먹겠어……. 움직이는 것도 무리……."

"잘 먹더구나. 젊다는 건 좋아."

식후.

부엌에서 정리하고 있는 아코와 어머니와는 달리, 나는 완전히 움직이지 못하게 되었다.

남길 수는 없어서 내 앞으로 나온 걸 어떻게든 다 먹었다. 그 대신, 정말로 배가 위험하다. 바로 돌아가려고 했는데 움직이지 못해서 힘들다.

결과적으로 아버지와 둘이서 테이블에 남는다는 무서운 상황이 되어버렸다.

"……."

알코올의 냄새가 나는 잔을 입에 옮기는 아버지에게 조심

조심 시선을 보냈다.

이럴 때 뭘 이야기해야 하는 거지…… 아코, 어머니, 돌아와줘!

"……히데키는 아직 미성년이었나."

그때, 아버지가 내게 시선을 돌리지 않은 채 말했다.

"예? 네. 물론. 동급생이니까요."

"그랬었지…… 아코가 언제나 『남편』이라고 말하니까, 학생이라는 감각이 흐릿해."

"집에서도 그대로인가요. 아코."

"집에서도, 라는 건…… 학교에서도?"

"거의 변함없어요!"

"미안하구나. 고생하겠어."

사과라기보다는 동정에 가까운 분위기의 말이었다.

네, 정말로. 아코의 어머니가 저런 이상, 아버지는 심하게 느끼고 있었겠죠!

둘이서 자연스럽게 쓴웃음을 지은 뒤, 아버지가 나지막하게 말했다.

"……오늘은 정말로 고맙다. 아코의 이야기를 들을 수 있어서 다행이었어."

"설마요. 가족끼리의 시간을 방해해서 죄송할 정도인데요."

내가 그렇게 말하자, 아버지는 부엌 쪽으로 시선을 보냈다.

"이런 식으로, 단란하게 말할 수 있는 가정이 된 건…… 2년 전부터다.”

　“……네? 그런가요?”

　“그래. 당시에는 지금만큼 사이좋은 부녀는 아니었지.”

　그것은 그리움과, 쓸쓸함이 담긴 말이었다.

　어라? 그렇게는 안 보일 만큼 사이좋은 부녀였는데.

　“어째서인가요? 아코의 반항기라든가?”

　“반항기……와는 다르겠지. 우리 부부의 부족함 때문이었으니까.”

　“……뭔가 다툼이라도?”

　자세히 묻는 건 좋지 않다는 생각도 들었지만, 입 밖으로 나오고 말았다.

　이 사람의 이야기를 듣고 싶었고, 나에게 이야기해주고 싶다는 느낌도 들었고, 게다가— 평소에는 듣지 않으려고 하던 아코의 과거를, 사실 조금은 알아두고 싶었다.

　내가 그렇게 조금 각오를 다지자, 아버지의 대답은 이것이었다.

　“부부 사이가…… 너무 좋아서 말이지…….”

　“그런 문제였던 건가요?!”

　역시 이 사람도 타마키 가의 사람이었나!

　그보다, 원래부터 아버지의 성이었지!

　“부부 사이가 좋아서 곤란한 일은 없다고 생각하는데요.”

　“그렇게 말할 수도 없지. 과한 것은 지나친 것만 못하다고 하니까……. 우리는 사이가 너무 좋은 부부였거든."

"……아아."

조금 사정을 알게 된 것 같다.

아코도 그런 말을 했던 것 같다. 가정에서 있을 곳이 없다 든가.

"아내도 나도 딸을 진심으로 사랑하고는 있지만, 동시에 서로를 사랑하고 있지. 아버지와 남편, 어머니와 아내를 양 립하는 건 꽤 어려운 일이야."

"아코, 쓸쓸해하고 있었나요?"

"그렇게 생각하지 않도록 노력했지만……. 감수성이 예리 한 아이니까. 특히 소외감이나 기피감에 민감해. 두 사람에 게 자신은 방해꾼이라고, 그렇게 생각했을지도 모르지."

"사소한 일로도 악의를 느끼는 녀석이니까요……."

이유가 평화로웠다면 긴장을 풀었겠지만, 생각보다 진지한 이야기였다!

솔직히 나에게는 좀 어렵습니다!

우리 집 부모님은 사이가 좋은 편이긴 해도, 애초에 바빠 서 두 사람이 함께 있는 일도 적으니까.

실제로 아코는 둘만의 시간을 방해하지 않게 조금 지나치 게 신경을 쓰는 경향이 있었는데……. 아코네 가정의 이런 뿌리 깊은 문제를 나보고 어떻게 하라는 거야…….

"그건, 저기……. 지금도 그런가요? 해결책 같은 건……."

"아니, 지금은 전혀 문제없다."

"네?"

"전부 해결됐으니까. 2년 전에 말이지."

해결된 이야기였어?!

눈을 동그랗게 뜬 나에게 웃어준 아버지는 탁, 하는 가벼운 소리를 내며 잔을 올려놨다.

"2년 전. 아코가 너의―『루시안』의 화제를 꺼내게 되었거든."

"저의 화제……?"

"그로부터 우리를 보는 눈에, 소외감이 아니라 동경이 깃들게 되었지. 쓸쓸하다는 말조차 하지 않았던 딸이, 부럽다고 말하게 되었어. 우리의 이야기를 듣고 싶다고 졸랐지. 아내가 사랑을 하게 되었다고 묻자, 부끄러운 듯 끄덕이기도 했고."

그 모습은, 어째서인지 생생하게 상상이 갔다.

지금보다 훨씬 작았던 아코가 부러운 듯이 두 사람을 빤히 바라보면서, 말하는 거다.

『어떻게 해야 엄마 아빠처럼 사이좋은 부부가 될 수 있나요?』라고.

"나는 이름도 모르는 『루시안』에게 크게 감사했지……. 뭐, 결혼했다든지, 부부가 되었다는 말을 꺼냈을 때는 좀 어떤가 싶었지만."

"그건 정말로 죄송합니다."

"소중한 딸이지만…… 1년이나 지나면 체념도 되지."

아버지는 쓴웃음을 지으면서 부엌에 나란히 선 아코와 어머니를 바라봤다.

"그로부터 줄곧, 아내와 딸은 선배와 후배— 어쩌면 동지인 것처럼 보이더군. 부끄러운 이야기지만, 저렇게나 닮은꼴 모녀일 줄은 몰랐어."

"사이좋게 꿍꿍이를 모색하는 모양이니까요……."

"미안하지만, 조금만 어울려줘."

"대부분은 저도 즐거우니까 상관은 없지만요."

하지만, 밸런타인데이 때를 떠올리면서 말했다.

"몸에 초코를 바른다는 건, 좀 아닌 것 같아요."

"두 번 다시 하지 말라고 해놨다."

"기겁했다니까요."

그보다, 역시 아버지에게도 했구나.

그렇지. 그 초코의 양, 1인분치고는 너무 많았으니까.

"아무튼, 우리 집을 신경 쓸 일은 없다. 네가 오면 딸은 기뻐하고, 아내도 젊어진 것 같으니까. 실은 나도 아들을 원하기도 했고—."

어딘가 씁쓸한 미소를 지은 아버지가 내 어깨를 두드렸다.

"—피해자가 늘어서, 기분이 편해졌거든."

"두 명이 있어도, 받는 대미지의 총량은 변함없다는 느낌이 들지만요."

그래도, 솔직히 말하자면.

"역시 아직 외부인이긴 하니까요……. 너무 환영해주시면, 그것도 그것대로 거북한 기분이 드는데요……."

아버지는 눈가만 웃으면서 말했다.

"곧 익숙해질 거다."

"……그런가요."

넌지시, 올 때마다 환영하겠다는 말을 듣게 된 것 같다.

아니, 아마 그럴 생각이겠지. 마스터와는 다른 방향에서 복잡하게 돌려 말하는 사람이니까.

실제로 아버지는 좋은 사람이고, 내 고생을 먼저 맛본 선배이기도 하다. 여러모로 이야기를 듣고 싶고, 장래의 일을 생각하지 않더라도 친하게 지내고 싶었다.

"그래도……. 좀 더 뭐랄까, 딸은 넘길 수 없다, 같은 말을 하셔도 되는데요."

"뭐가 슬퍼서 소중한 외동딸과의 연을 끊어야 하는 거냐?"

"역시 아버지, 아코를 잘 알고 계시네요!"

교제에 반대한다고 말했다가는 설령 아버지라도 용서하지 않는 녀석이니까요!

✝✝✝　✝✝✝　✝✝✝

뒷정리를 마치고 돌아온 두 사람과 함께 식후 차를 마시게 되었고, 정신이 들자 이미 늦은 시간이 되었다.

정말로 바로 돌아갈 생각이었는데, 완전히 실례하게 되었네.

"오래 있게 되어서 죄송합니다. 슬슬 돌아갈게요."

"이크, 벌써 이런 시간인가. 늦었으니 차로 바래다주마. 아코도 타면 좀 더 이야기를 할 수 있겠지?"

"부탁드릴 수 있다면 감사하죠."

"여보, 잠깐만요."

우리가 그런 이야기를 나누자, 아코의 어머니가 고양이처럼 장난스러운 미소를 지으며 말했다.

"여보, 잊은 거야?"

"왜 그러지? 너도 함께 올 건가?"

"이 거 ♪"

툭툭, 아버지 앞에 놓인 잔을 손가락으로 만졌다.

"술 마셨잖아? 음주운전은 안 되거든?"

"……아아."

듣고 보니, 아버지는 술을 마셨잖아.

안 되잖아. 운전 못 하잖아.

그런 우리의 시선을 받은 아버지는 무너지듯 의자에 앉았다.

그리고 이마에 손을 대고는 신음하듯 말했다.

"……미안하다. 긴장을 풀고 있었어."

"늦어지면 바래다준다고 말했던 건 자신이잖아? 당신답지 않은 실수네~."

"그게……. 사위와 술을 마신다는 것에 머리가 꽉 차 있어서……."

"후후후. 당신도 히데키가 와서 들떠 있었나 보네~?"

"내가 잘못했다. 그만해."

"돌아오고 나서 계속 조마조마하며 언제 올까, 조금 더 캐주얼한 옷이 낫지 않을까, 하고 몇 번이고 옷을 갈아입기도 했고."

"정말로 좀 봐줘……."

놀리듯이 말하는 어머니와 괴로워하는 아버지. 두 사람을 어딘가 식어버린 눈으로 바라보던 아코가 한숨을 내쉬었다.

"아빠. 가끔 못 써먹는다니까요……."

"아니 뭐, 문제없이 돌아갈 수 있는 시간이긴 하지만……. 어쩌지?"

"이렇게 되면 둘만 놔둘 수밖에 없으니까 내버려 두고 가요."

"……알았어. 실례했습니다."

"미안하다……. 또 와다오……."

"또 오렴~. 히데키~."

너무 사이가 좋은 부부에게 인사하고 방을 나섰다.

아코의 마음이 이해가 간다. 저 상태의 두 사람 사이에 끼어들 생각은 전혀 들지 않으니까.

"……아코. 우리는 조금 더 거리를 둔 부부가 될까?"

"어째서인가요?! 절대 싫거든요?!"

"하긴, 그렇겠지~."

아코가 생각하는 『부부상』이라는 게 저 두 사람이라면 이렇게 되는 것도 납득이 가, 젠장.

바깥은 당연하지만 새까맣고, 낮보다 꽤 쌀쌀했다.

통금시간이 있는 건 아니지만, 조금 설교를 각오해야 하는 시간인 것 같다.

"좋아. 조금 서두를까. 그럼 잘 있어. 아코."

"저기, 역까지 바래다줄까요?"

"역에서 혼자 돌려보내는 게 더 무서워."

오히려 아코는 집에 있어 줬으면 할 정도다.

왜냐하면 오늘은 아직, 딱 하나 남긴 게 있으니까.

"그보다도 부탁이 있는데."

"네?"

"내가 집에 돌아가는 거, 조금 늦어질 것 같지만……. 로그인하고 기다려 주겠어?"

"알겠습니다. 아직 전혀 졸리지 않으니까 무조건 있을 거예요."

"생활 리듬은 조금 돌려놓자!"

에에잇. 저녁까지 자고 있던 녀석은 이러니까.

"그럼 나는 돌아갈게. 오늘은 고마워."

"저야말로! ……저기, 루시안."

현관 불빛에 비친 아코에게서 뻗은 그림자가 조금 불안한 듯 흔들렸다.

"또, 놀러 와줄 건가요?"

"……어머니에게, 나는 그렇게 많이 먹지 않는다고 전해줘."

"앗, 네! 오히려 다음은 제가 만들게요!"

"오, 기대하고 있을게."

그럼 나중에 보자면서 아코의 집을 나섰다.

이거이거, 세가와의 집에 가고, 마스터의 집(?)에 가고, 아키야마가 집에 오고, 아코의 부모님과 저녁을 먹고……. 정말로 힘든 하루였다.

"그래도…… 즐거웠지."

딱 좋은 피로감과 충실감에 감싸인 채 귀로를 밟았다.

화이트데이에 남은 건 딱 하나뿐. 그쪽은 문제없이 끝날 것 같으니까 일단 안심이다.

††† ††† †††

그렇게, 전부 끝난 것처럼 생각하고 있던 게 문제였다.

"피, 피곤해……."

"어서 와, 오빠……. 괜찮아?"

"끔찍한 꼴을 겪었어……. 설마 이 시간에 전철이 멈추다니……."

역에 도착하자 트러블이 생겨서 전철이 지연된 거다.

한동안 기다려봤지만 플랫폼은 무지막지하게 혼잡했고, 전철은 아무리 지나도 오지 않았다.

그리고 한 역 정도라면 걸어가자고 생각했을 때는 이미 사람이 너무 많아서 플랫폼에서 나갈 수 없는 상태였다.

"처음부터 걸어올 걸 그랬어…… . 육체적으로도 정신적으로도 지쳤어…… ."

"엄마가 돌아오는 게 늦어진 것에 대한 설명을 요구하던데."

"이 지연 설명서, 건네줘."

"받겠습니다."

돌아오는 게 늦어진 변명이 지연 설명서로 끝나는 것도 이상하겠지만, 그런 타입의 엄마니까 문제없다.

이크, 그보다도 서둘러야지. 이제 곧 날짜가 바뀌려 하는 시간이다.

황급히 내 방으로 돌아와서 컴퓨터를 켜고, 레전더리 에이지에 로그인했다.

◆루시안 : 다녀왔어~.

길드 채팅에 그렇게 적자, 대답은 바로 돌아왔다.

◆아코 : 어서 오세요. 늦었네요?

◆애플리코트 : 사고로 전철이 지연됐다고 한다. 그쪽 관련이겠지.

◆슈바인 : 한 정거장 거리잖아. 걸어가라고ㅋ

◆루시안 : 역에서 탈출할 수 있었다면 걸어갔을 거야!

◆세테 : 수고했어~.

일단 인사가 끝났기에, 아코에게 개별 채팅을 보냈다.

약속대로 확실히 기다려줘서 다행이다.

◆루시안 : 아코, 지금 어디야?

◆아코 : 집에 있는데요.

◆루시안 : 그런 의미가 아니라.

◆루시안 : ……아아. 그런가. 집이네.

◆아코 : 네. 우리 집에 있어요.

◆루시안 : 알았어, 알았어. 금방 갈게.

현실에서 타마키 가에 있다는 의미인 줄 알았는데, 게임 쪽 니시무라 가에 있다는 뜻이었다. 에에잇, 집을 왕래한 뒤라서 복잡하네.

조금 먼 곳에 있는 니시무라 가로 가는 길을 이동해서, 해안가에 지어진 유저 홈으로 찾아왔다.

◆아코 : 어서 오세요!

◆루시안 : 다녀왔어……. 이렇게 말하기는 좀 이상하지만.

앞치마—내가 준 게 아니라, 게임 액세서리—를 장비한 아코가 맞이해줬다.

요리 아이템을 생산하고 있던 거겠지.

◆아코 : 그래서, 어쩐 일인가요?

◆루시안 : 아……. 그게 말이지. 여기라면 딱 좋나. 잠깐 앉아봐.

◆아코 : 네.

거실 테이블에 마주 보고 앉았다.

왠지 아코네 집에서 있었던 일이 떠오르는 구도다.

◆루시안 : 으으음. 이제 곧 날짜가 바뀌는데, 오늘은 화이트데이였지.

◆아코 : 네. 아, 받은 쿠키 하나 먹었어요! 맛있었어요!

◆루시안 : 그거 다행이네. 근데 그거, 현실의 답례였지.

그 쿠키는 현실에서 받은 초코의 답례다.

즉, 아직 게임에서 받은, 그렇게나 고생했던 초코의 답례는 하지 못했다.

◆루시안 : 게임 쪽의 답례는 아직 주지 않았잖아?

◆아코 : 아, 네. 그래도 정말 받아도 되나요?

◆루시안 : 현실에서든 게임에서든 초코를 받았으니까, 확실히 답례할 거야.

그보다 오히려, 부부로서의 답례는 이쪽이 메인이니까.

현실에서는 부부가 아니지만, 게임의 우리는 틀림없는 부부다.

◆루시안 : 이렇게 말해도, 그리 대단한 건 아니지만.

◆루시안 : 화이트데이용으로 오늘 날짜를 넣을 수 있는 아이템이 있었으니까 준비했어.

◆아코 : 날짜가 남는 건가요! LA에서는 드무네요.

◆루시안 : 그래. 그래서 고른 거야.

LA는 유저끼리의 기념 아이템 같은 게 별로 없고, 날짜를 남길 수 있는 아이템은 상당히 적다.

　그런 의미에서는 레어라고 생각해서 열심히 만들었다.

　◆루시안 : 그럼 준다.

　◆아코 : 네!

　아코에게 트레이드 요청을 보냈다.

　거래창이 열렸고, 선물 박스형 아이템을 올려놨다.

　◆아코 : 뭘까요? 두근두근하네요!

　◆루시안 : 너무 기대해도 곤란한데.

　◆루시안 : 그래도 확실히 오늘을 위해 준비한 거니까. 기뻐해 주면 좋겠네.

　◆아코 : 벌써 기뻐요! 감사합니다!

　◆루시안 : 그러니까 빠르다고.

　그리고 나와 아코가 트레이드 완료 버튼을 누르려 한 그 순간.

　◆루시안 : 어라?

　◆아코 : 으응?

　두웅! 하는 SE와 함께 거래창이 사라졌다.

　아니, 어째서?! 사라질 이유가 없는데?!

　◆아코 : 어떻게 된 거죠?

　◆루시안 : 아, 에러가 나왔어!

　◆루시안 : 으으음……. 트레이드 대상 아이템이 존재하지

않습니다…….

　◆아코 : 어? 없나요?

　◆루시안 : 아까까지는 있었는데……. 응, 없네…….

　인벤토리에서 아코에게 줄 선물이 사라졌다.

　아무것도 하지 않았는데 사라질 리가 없는데, 어디에도 보이지 않는다.

　◆루시안 : 어째서 이렇게 됐지.

　◆아코 : 뭔가 버그인가요?

　아니, 잠깐. 대신 못 보던 무언가가 있어.

　빼앗긴 사랑의 흔적……? 이게 뭐야?

　곤혹스러워하는 우리에게 해답을 가르쳐주려는 듯, 두두 두둥, 하는 보스전 BGM 같은 게 흘렀다.

　그리고 전체 채팅이 반짝 빛나더니, 그곳에 표시된 것은…….

　◆발렌티누스 : 허허허……. 천박한 사랑의 노예들에게 고한다…….

　그런, NPC의 메시지였다.

　◆루시안 : 발렌티누스?!

　◆아코 : 밸런타인데이 때 싸웠던 보스잖아요?!

　놀라는 우리와 동시에, 길챗 쪽에도 반응이 나왔다.

　◆슈바인 : 이봐. 뭐가 왔다고?!

　◆애플리코트 : 음. 임시 이벤트인가?

　◆세테 : 신기하네! 돌발? 돌발?

대체 무슨 일이 일어난 건가 해서 채팅을 보니, 연속해서 메시지가 펑펑 나왔다.

◆발렌티누스 : 나를 발판 삼아 밸런타인데이를 즐긴 자들.

◆발렌티누스 : 네놈들은 질리지도 않고, 화이트데이라는 이벤트를 만끽했다……. 그렇지……?

◆발렌티누스 : 그런 건 용납할 수 없다. 나는 절대로, 사랑이라는 망상을 인정할 수 없다!

◆발렌티누스 : 따라서―. 그 사랑의 증표를 모두 빼앗아줬다!

발렌티누스는 그런 말을 주장하고 있었다.

하하하. 그렇구나. 그런 거였나, 이 자식.

◆슈바인 : 화이트데이에 뭔가 이벤트가 있었나?

◆애플리코트 : 사랑의 증표를 빼앗았다……? 결혼 스킬의 봉인인가? 아니, 게임 밸런스에 영향을 주는 건 생각하기 힘들어.

◆세테 : 그러고 보니, 마침 날짜가 바뀌었으니까 화이트데이가 끝났네.

멤버들은 그렇게 이야기하고 있지만, 나는 이미 수수께끼를 풀었다.

그래. 그래서 아이템이 없어진 건가.

잘 알았다. 모두에게 설명해주자.

◆루시안 : ……올해의 화이트데이는, 선물을 만들 수 있었어.

◆세테 : 선물?

◆루시안 : 맞아. 이름을 넣고, 메시지를 넣고, 날짜도 넣는, 화이트데이 선물.

◆슈바인 : 뭐야, 루시안. 알고 있다는 건, 그거 만들었냐?

◆루시안 : 그래, 만들었어…… 지금 건네주려고 했……는데.

◆애플리코트 : 건네주려고 했다……. 사랑의 증표를 빼앗았다……라는 건.

◆아코 : 서, 설마 루시안!?

상황을 이해했는지, 눈앞의 아코가 머리 위에 커다란 ! 마크를 띄웠다.

◆아코 : 제가 받아야 했던 선물, 저 수염이 빼앗은 건가요?!

◆루시안 : 아무래도, 그런 것 같아.

평소에는 거의 보지 않는 전투 로그에, 확실히 남아있었다.

▶발렌티누스에게 화이트데이 선물을 빼앗겼습니다!◀

이렇게.

젠장. 저질렀구나 이 자식. 아니, 이 망할 운영진!

꽤 고생해서 만들었다고! 웃기지 마, 돌려줘!

◆발렌티누스 : 사랑의 증표를 돌려받고 싶다면, 나의 곁으로 오너라! 사랑의 힘을, 자신의 힘으로 증명해보아라!

◆루시안 : 어디 해보자고!

◆아코 : 루시안이 준 선물을 빼앗다니……. 절대로, 절대로 용서할 수 없어요 발렌티누스 씨!

불타오르는 나와 아코는 곧장 창고와 연결된 방으로 뛰어들어서 준비를 시작했다.

앞치마 같은 걸 입을 때가 아니야!

◆세테 : 끓어오르고 있는 것 같은데……. 혹시 이거, 지금부터 가는 분위기?

◆슈바인 : 어쩔 수 없구만. 이 몸이 도와줘야겠어.

◆애플리코트 : 밸런타인 던전은 꽤 가슴 뛰는 이벤트였다. 그 연장전, 나쁘지 않군!

◆세테 : 으으으, 역시……. 어쩔 수 없네에.

길드 채팅에 흐르는, 전투를 각오한 분위기.

설마, 다들 와주는 건가.

◆루시안 : 다들 도와주려고?!

◆아코 : 이런 밤늦게 괜찮나요!

◆슈바인 : 당연하지. 동료잖나!

◆애플리코트 : 이 나에게 맡겨두면 된다!

◆세테 : 컴퓨터 식히는 것도 받았으니까, 오케이야~.

◆아코 : ……감사합니다!

정말 믿음직한 동료들이다!

내일을 지옥으로 만들면서까지 도와주려는 너희의 마음, 헛되이 하지 않겠어!

◆루시안 : 화이트데이 연장전이다! 밸런티누스의 던전으로 돌격!

◆아코 : 루시안을 향한 사랑을 증명해 보이겠어요!

그 후, 필사적인 분투 끝에 아코에게 답례 선물을 줬을 때는 이미 해가 떠 있었지만— 화이트데이라는 날은 이미 끝나버렸으니까 그 이야기는 또 언젠가 기회가 되면 해야겠다.

단지, 딱 하나 말해둘 것이 있다면.

꼬박 하루를 다 써버린, 정말로 피곤한 화이트데이였지만.

◆아코 : 고마워요. 루시안!

◆아코 : 정말 좋아해요!

아코가 그렇게 말해줬으니 퀘스트는 대성공.

오늘은 틀림없이 최고의 하루였다.

【퀘스트 : 화이트데이 대연속 퀘스트】

달성률 : 100%

결과 : 대성공

Quest Clear!

에필로그

"저희의 레전더리 에이지를 끝내요!"

And you thought there is Never a girl online?

전원에게 답례 선물을 전해주고.

작년에 있었던 일을 이것저것 떠올리고.

나에게는 두 번째 화이트데이가 끝나려 하고 있었다.

아니, 인생을 전체적으로 보면 17번째겠지만? 마음만 봐서는 이게 두 번째니까.

이번에는 이렇게 돌아가고 있지만, 작년에는 마지막에 아코네 집으로 갔었다.

그립다고 생각할 만큼, 지난 1년 동안 이런저런 일이 있었다. 동료와의 인연 포인트는 더욱 올라갔고, 새로운 동료 유닛도 늘었다.

그래도 여전히 아코의 아버지와 만날 때는 조금 긴장하지만. 우리 아버지와 캐릭터가 너무 다르니까.

그런 생각을 하면서 귀로를 밟았다.

니시무라 가를 나와 마에가사키 역으로.

바로 온 전철을 타고 15분 정도 갔다가 하차.

거기서 5분 정도 걸어간 곳에, 어느 학생용 아파트가 있다.

지어진 지 그리 시간이 지나지 않아서 깔끔한 현관을 빠져나갔다. 가방에서 꺼낸 열쇠를 꽂아서 자동 잠금을 해제하고 엘리베이터를 타고 올라가 5층, 505호실.

초인종을 한 번 울리고 대답을 기다리지 않은 채 열쇠를 열었다.

"다녀왔어~."

방에 말을 걸면서 신발을 벗자, 거실문이 열렸다.

"어서 오세요. 추웠나요?"

태평하고 맥 빠지게 웃으며 말하는, 긴 흑발의 소녀.

하얀 스웨터 위에 앞치마를 걸친, 완전한 새댁 스타일의 아코가 있었다.

"아직 추워. 봄이 오는 건 언제가 될까."

"이제 곧 밥이 다 되니까 천천히 몸을 데우고 계세요."

"언제나 미안하네."

이야기를 하면서 짐을 정리하고 냉장고에 케이크를 넣었다.

춥다춥다 중얼거리며 코타츠에 들어가자, 아코가 따스한 차를 내왔다.

아아아, 신부(예정)에게 응석을 부리면서 타락하고 있어어.

"귤도 있어요!"

"이제 컴퓨터만 있다면 두말할 것 없겠네."

"여기에 컴퓨터를 놨다가는 정말로 안 움직이게 되겠네요~."

아코와 그런 대화를 나누며 차를 홀짝였다.

이 녀석. 코타츠 속에서 발을 부딪치지 말라고.

"아, 케이크는 무사히 완성됐어. 가지고 돌아왔으니까 나중에 먹어."

"감사합니다. 간단했죠?"

"오븐에 가열하는 공정이 없으니까 엄청 편했어. 고마워."

"훗훗후~. 답례는 함께 생각하자고 작년에 약속했으니까요."

아코는 아내로서의 위엄을 마음껏 발휘하며 말했다.

화이트데이를 완전히 까먹었던 나와, 이쪽도 그럴 경황이 아니었던 아코.

뭘 답례로 줘야 할지 둘이서 고민한 결과가 구울 필요 없는 케이크였다.

"동그란 틀만 있었다면 여기서 만들었을 텐데 말이죠."

"평소에 쓰는 게 아니니까 필요 없다고."

뭐든 다 마련할 여유는 없었으니까 어쩔 수 없습니다.

넓은 편이라고 생각하지만, 가정용 아파트인 건 아니니까.

—이렇게 당연하게 이야기하고 있지만.

이 상황은, 이상하지?

어째서 나와 아코가 둘이서 사는 것처럼 평범하게 쉬고 있는 걸까. 내가 봐도 의문으로 생각하게 된단 말이지.

생각하지? 아니면 생각하지 않나? 이제 와서는 의문도 아닌가? 사실 자주 있는 일인가?

아니아니, 위화감을 느껴야지.

나와 아코는 부부가 아니다. 이런 부부 같은 생활은 이상한 거다.

"왜 우리는 신혼부부 같은 걸 하고 있는 거지……."

"이제 와서 무슨 소리인가요?"

아코는 꾹꾹 눌러서 귤의 단단함을 확인하며 멍하니 태평하게 말했다.

"게다가 이건 신혼부부라기보다는, 글러먹은 대학생 부부예요."

"수험 공부조차 아직 제대로 하지 않았는데 말이지."

우리, 어째서 이런 퇴폐적인 생활만 앞지르기해서 하고 있는 걸까.

"뭐, 상관없잖아요. 떠올리면 피곤하니까요~."

"이것저것 있었으니까……."

지금은 이렇게 차분하게 있는 아코지만, 이렇게 정리될 때까지 이런저런 이벤트가 있었다.

그래도 떠올리게 되면 끝나지 않게 되니까, 그건 또 나중에.

그렇게 이야기를 나누던 와중, 딩동~, 하고 초인종이 울렸다.

그리고 바로 현관 쪽에서 소음과 말소리가.

"실례할게~."

"돌아왔다. 부탁했던 조미료도 사 왔다."

"아, 좋은 냄새가 나네~!"

와글와글 방에 들어온 세가와에 마스터, 아키야마.

"어서 와~."

"다녀왔어. 아~, 못 참겠네~."

바로 코타츠로 들어온 세가와가 녹아버렸다.

"이제 곧 밥도 다 되니까요~."

"흐헤~. 나도 뭔가 도와줄까~?"

"괜찮으니까 기다려 주세요."

"아코. 뭔가 도와줄까?"

"그럼 세테 씨. 나중에 채소를 조금 썰어주세요."

"네~에."

"나한테는 기다리라고 했으면서?!"

"음음. 이래야지."

마스터가 떠들썩한 거실을 만족스럽게 바라봤다.

"좋아. 그럼 다들."

모인 이들을 돌아보며 말했다.

"오늘도 레전더리 에이지, 클리어를 위해 힘내보자고!"

내 목소리를 듣자, 다들 모여 수긍했다.

"네!"

아코가 누구보다도 힘이 담긴 눈으로 말했다.

"저희의 레전더리 에이지를 끝내요!"

■작가 후기

공식 채팅에서 안내해드립니다.

오랜만입니다. 혹은 카쿠요무에서 읽고 원하게 되어서 이 책만 사겠어! 라고 구입해주신 여러분에게는 처음 뵙겠습니다.

키네코 시바이입니다.

이번 권으로 Lv.20을 넘어서서 Lv.21이 되었습니다.

많은 게임에서는 하나의 단락이 지어지는 Lv.20. 여기서 새로운 스킬 습득이나 잡 체인지가 이루어집니다.

그 대단한 변화를 아직 모두 정리하지 못한 채 자신의 상황을 확인하고, 이후의 전망으로 눈을 돌린다.

그게 Lv.21이지 않을까 하는 마음으로 이 책을 썼습니다.

아, 새로 쓴 부분 이야기입니다. 카쿠요무에 연재된 부분은 저도 거의 독자입니다. 이 녀석들 사이좋네, 라고 생각하며 고쳤습니다.

아까 Lv.20을 넘어서서, 라고 말했습니다만 애초에 하나의 단락이 지어지는 Lv.20 때 어째서 후기가 없었는지를 신경 써주시는 다정한 분도 계실지도 모릅니다.

있었으면 좋겠네요. 있어 주세요. 있죠? 자자, 있다고 말해.

실은 말이죠. Lv.20이 너무나도 두꺼워서 후기에 쓸 1페이지의 여유도 없었다는 굉장히 단순한 사정이었습니다.

완전무결한 저의 책임입니다. 대단히 죄송했습니다.

거기서 사과의 뜻으로, 이번에는 평소보다 두 배 많은 후기를 준비했습니다. 아무도 기뻐하지 않을지도 모르지만 저는 이야기하고 싶으니까, 아무쪼록 어울려주세요.

그렇지만 이번 권에 두 배 많아봤자 소용없다. 저번 권에서 후기를 읽고 싶었다! 그런 것도 당연한 이야기니까, 저번 권에도 후기를 제대로 준비해놓고는 있었습니다.

그러니 여기에 써도 되겠지만, 아무리 그래도 저번 권 후기를 다음 권에 올리는 건 너무 지나친 이야기입니다. 그래서 두 줄만 조금 보여드리려고 합니다. 이쪽입니다.

『온라인 게임의 신부는 여자아이가 아니라고 생각한 거야?』, 메인 퀘스트는 이제 곧 완결됩니다.

아무쪼록 그들의 이야기에, 그녀들의 인생에, 마지막까지 함께해주셨으면 좋겠습니다.

Lv.20의 『계속』 다음에, 이런 내용을 포함한 후기를 올릴 예정이었습니다.

아니, 복사하면서도 이 두 줄은 저번 권에 필요했던 게 아닐까 싶긴 하네요!

이건 적었어야지, 저번 권의 나!

그런고로 다음 권으로 메인 퀘스트는 최종권입니다.

1권으로 정리되지 않아서 상하권이 되거나, 터무니없이 두꺼워질 가능성은 있겠지만, 아무튼 마지막이 예정되어 있습니다.

아무쪼록 완결까지 잘 부탁드립니다.

이렇게 진지하게 말했습니다만, 스토리적으로 여기가 일단락이다! 라고 할 뿐이지, 아마 또 나올 겁니다. 오히려 낼 수 있을 만큼 낼 겁니다.

저는 완벽하게 엔드 마크가 붙는 작품도 좋아하지만, 그 이상으로 언제까지고 끝나지 않고 계속 이어지는 이야기를 좋아합니다. 그들, 그녀들의 세계에 계속 있고 싶은 타입입니다.

그래서 말이죠. 최근에는 개인적으로 소설을 내려고 해도 여러 방법이 존재하는, 굉장히 즐거운 세상이 되었기에, 차라리 이제는 책으로 내지 않고도 개인적으로 마음대로 이어갈 수 있지 않을까 획책하고 있습니다.

완전히 글러먹은 온라인 게이머 대학생 부부(연인)가 되어

퇴폐적인 2인 생활을 즐기는 아코와 루시안의 대학생편이라든가.

첫 오프 모임에서 아코만 오지 않았다는 사소한 분기로 발생하는, 슈바인이 히로인인 아카네 if 루트라든가.

이야~, 하고 싶네요. 쓰고 싶네요. 그보다 벌써 조금 썼습니다. 즐겁네요.

—그렇게 말하기 전에, 우선은 이 이야기의 엔딩을 보여드리지 않으면 안 되겠죠.

여러분도 함께 이 이야기를, 그리고 이 레전더리 에이지라는 게임을 클리어하고 싶다는 마음이 드실 수 있도록 노력하겠으니, 아무쪼록 조금만 더 기다려 주세요!

안내는 이상입니다.

허들을 한껏 올리고 말았지만, 사과와 감사의 멘트를.

일러스트의 Hisasi 씨. 아무리 봐도 근사한 일러스트뿐이었습니다! 마지막까지 잘 부탁드립니다!

담당님. 살아라. 그대는 아름답다. 아니 정말로. 목숨을 소중히.

독자 여러분. 여기까지 어울려주셔서 정말로 감사하고 있습니다.

이번만큼은 아무쪼록, 다시 만나 뵙고 싶네요.

키네코 시바이였습니다.

■역자 후기

안녕하세요. 불초 역자입니다.

이번 권은 여러모로 최종권 직전의 숨 고르기 같은 이야기였습니다. 작년과 올해의 화이트데이를 교차로 보여주면서 각 멤버들의 이야기를 조금씩 했죠. 작년 시점의 이야기는 오랜만이었는데 생각보다 다들 크게 변하지는 않았네요. 흔들림 없는 편안함이랄까.

이번에는 섭종에 관한 이야기도 중심이었죠. 저도 사실 섭종할 때까지 한 게임을 계속한 경험은 없는데, 그래도 10년 가까이 계속했다가 접었던 게임이 이후에 섭종한다는 소식을 들었을 때는 참 싱숭생숭했던 기억이 납니다. 추억도 새록새록 떠오르고, 그때 같이 즐겼던 사람들은 어떻게 하고 있을까 뒤늦게 궁금하기도 하고요. 역시 즐겨왔던 시간에 비례해서 추억과 감흥도 짙어지는 거겠죠. 앨리 캣츠 멤버들도 마지막까지 레전더리 에이지에 좋은 추억을 남길 수 있었으면 좋겠네요.

그럼 후기는 이쯤 하고, 다음 권에서 뵙겠습니다.

온라인 게임의 신부는 여자아이가 아니라고 생각한 거야? 21

초판 1쇄 발행 2023년 6월 10일

지은이_ Kineko Shibai
일러스트_ Hisasi
옮긴이_ 이경인
일본판 오리지널 디자인_ AFTERGLOW

발행인_ 최원영
편집장_ 김승신
편집진행_ 권세라 · 최혁수 · 김경민 · 최정민
편집디자인_ 양우연
관리 · 영업_ 김민원

펴낸곳_ (주)디앤씨미디어
등록_ 2002년 4월 25일 제20-260호
주소_ 서울시 구로구 디지털로 26길 111 JnK디지털타워 503호
전화_ 02-333-2513(대표)
팩시밀리_ 02-333-2514
이메일_ lnovellove@naver.com
L노벨 공식 카페_ http://cafe.naver.com/lnovel11

NETOGE NO YOME WA ONNANOKOJANAI TO OMOTTA? Lv.21
©Kineko Shibai 2020
Edited by 전격 문고
First published in 2020 by KADOKAWA CORPORATION,Tokyo.
Korean translation rights arranged with KADOKAWA CORPORATION,Tokyo,
through Korea Copyright Center Inc.

ISBN 979-11-278-6871-0 04830
ISBN 979-11-278-4218-5 (세트)

값 8,500원

*이 책의 한국어판 저작권은 (주)한국저작권센터(KCC)를 통한
KADOKAWA CORPORATION과의 독점 계약으로 (주)디앤씨미디어에 있습니다.
저작권법에 의해 한국 내에서 보호를 받는 저작물이므로 무단전재와 복제를 금합니다.

*잘못된 책은 구매처에 문의하십시오.

© Koushi Tachibana, Tsunako 2021
KADOKAWA CORPORATION

왕의 프러포즈 1권

타치바나 코우시 지음 | 츠나코 일러스트 | 이승원 옮김

쿠오자키 사이카.
300시간에 한 번 멸망의 위기를 맞이하는 세계를
항상 구해온 최강의 마녀이자,
마술사가 다니는 학원의 수장.
"─너에게, 내 세계를 맡기겠어─."
그리고─
쿠가 무시키에게 신체와 힘을 물려주고, 죽음을 맞이한 첫사랑 소녀.
무시키는 사이카의 종자인 카라스마 쿠로에로부터
사이카로서 누구에게도 들키지 말고 학원에 다니란 지시를 받지만…….
클래스메이트와 교사에게도 두려움을 사고,
재회한 여동생에게서는 오빠를 좋아한다는 상의를 받는
파란만장한 생활이 기다리고 있었다!
게다가 긴장을 풀면 남성으로 돌아가기 때문에,
여성과의 키스가 필수 불가결한데?!

신세대 최강의 첫사랑!

Copyright ⓒ 2021 mikawaghost
Illustrations copyright ⓒ 2021 tomari
SB Creative Corp.

친구 여동생이 나한테만 짜증나게 군다 1~8권

미카와 고스트 지음 | 토마리 일러스트 | 이승원 옮김

교우 관계 사절, 남녀 교제 거부, 친구라고는 진정으로 가치 있는 단 한 사람 뿐.
청춘의 모든 것을 「비효율」적이라 여기며 거절하는
나, 오오보시 아키테루의 방에 눌러앉아있는 녀석이 있다.
내 여동생도, 친구도 아니다.
짜증나고 성가신 후배이자 내 절친의 여동생인 코히나타 이로하다.
"선배~, 데이트해요! ……라고 말할 줄 알았어요~?"
혈관에 에너지 음료가 흐르고 있는 듯한 이 녀석은
내 침대를 점거하고, 미인계로 나를 놀리는 등, 나한테 엄청 짜증나게 군다.
그런데 왜 다들 나를 부러워하는 거지?
알고 보니 이로하 녀석도 남들 앞에서는 밝고 청초한 우등생인 척하기 때문에
엄청 인기가 좋은 모양이다.
이봐…… 너는 왜 나한테만 짜증나게 구는 거냐고.

끝내주는 짜증귀염 청춘 러브코미디, 스타트!!

라이트노벨의 새로운 빛! ㄴ노벨의 신간은 매월 10일에 발매됩니다. http://cafe.naver.com/lnovel11